人生有情

张岚 —— 著

散文·诗歌集

文化发展出版社
Cultural Development Press
·北京·

图书在版编目（CIP）数据

人生有情／张岚著. — 北京：文化发展出版社，2024.9. — ISBN 978-7-5142-4432-8

Ⅰ．I217.2

中国国家版本馆CIP数据核字第20247U18W3号

人生有情

张　岚　著

出 版 人：宋　娜	
责任编辑：孙　烨	责任校对：岳智勇
责任印制：邓辉明	封面设计：王　端

出版发行：文化发展出版社（北京市翠微路2号　邮编：100036）
发行电话：010-88275993　010-88275711
网　　址：www.wenhuafazhan.com
经　　销：全国新华书店
印　　刷：涿州市荣升新创印刷有限公司

开　　本：880 mm×1230 mm 1/32	字　数：230千字
印　　张：10	
版　　次：2024年9月第1版	
印　　次：2024年9月第1次印刷	

定　　价：88.00元
ＩＳＢＮ：978-7-5142-4432-8

◆如有印装质量问题，请与我社印制部联系　电话：010-88275720

目录

随笔

人生有情 / 003

文化如何觉醒？ / 005

深秋的浪漫 / 009

致我亲爱的安安、康康 / 011

冬雨 / 016

久违的天坛 / 019

今年的初冬特别冷 / 022

何为美？ / 025

艰难前行 / 027

破冰者漫记 / 031

读唐诗《远别离》有感 / 036

北辙南辕 / 039

记忆 / 041

兔年的第一轮黄月亮 / 044

真情永远是文学的灵魂 / 048

今天是昨天的继续 / 051

我在等春雨 / 052

哭曹锡仁先生 / 054

淡淡的远山　静静的海 / 057

海天一色 / 062

海边漫步 / 066

海南文化之旅 / 070

回家 / 088

自然之美 / 091

君子温润如玉 / 092

喜鹊与乌鸦 / 095

秋蚊 / 097

那双深邃的蓝眼睛——《奥本海默》电影观感 / 099

侄儿 / 103

相信爱情 / 105

怀有希望 / 109

窗外有棵梧桐树 / 112

怀念基辛格博士 / 114

名字 / 116

神州半岛的日子 / 119

寻找渔民 / 123

游完一千米 / 127

海边的雨天 / 130

看不见的雨 / 133

文学的远行 / 136

把"根"留住 / 138

海派文学的一朵"繁花" / 139

海边的闲暇 / 142

与文学人类学专家叶舒宪教授关于Sora的对话 / 144

与叶舒宪、张三夕、闫广林教授
　关于AI（Artificialintelligence）的对话 / 147

游美小记

启程 / 155

旅途和终点 / 160

美丽的奥兰多 / 164

法式煎饼与奥兰多艺术博物馆 / 169

安、康参加同学生日派对与海边阳光浴 / 172

寂静的日子 / 179

肯尼迪航天中心 / 183

When I Grow Up（我长大以后） / 186

Lake Mary美丽的夕阳 / 188

走进智慧之城——波士顿 / 191

打卡哈佛大学 / 194

波士顿艺术博物馆 / 197

雨中漫步在瓦尔登湖 / 198

查尔斯河畔的一周 / 202

迈阿密 / 206

Key West海明威故居 / 209

游轮旅游海上日记 / 213

诗歌

携冰川向山川河流致敬！ / 225

世界 / 227

先哲的不同 / 229

元夕 / 231

那年木棉花开时 / 232

春意 / 235

春寒 / 237

站台 / 239

人间最美四月天 / 241

时代 / 243

细雨思悠悠 / 245

月亮去远行 / 247

观海 / 249

梦回故乡 / 251

纯真 / 253

回头问夕阳 / 256

秋来了，玉带鸟来了 / 258

清秋的云朵 / 260

风轮似年轮 / 262

秋意 / 264

初冬 / 265

我不希望"躺平" / 266

送别 / 269

春雪 / 272

无题 / 274

致聂鲁达 / 275

那时候 / 278

月光下的漫步 / 281

秋曲 / 285

秋思 / 286

好好活着 / 287

我等雪来 / 288

冬蓝 / 291

致南中国海 / 292

慰平生 / 296

大洲岛 / 297

光 / 299

花树 / 300

雨燕 / 302

太阳河 / 303

你在雪花中漫步 / 306

冬天的大海 / 308

后　记 / 310

随笔

人生有情

深秋，秋风瑟瑟，树叶日渐落去。友人邀请，昨晚在国图艺术中心观看北京京剧院的《京韵红楼》。著名作曲家王立平先生曾说"一朝入梦，终身不醒"，这部剧是王先生为87版电视剧《红楼梦》创作的系列音乐，脍炙人口。今日将这组音乐与京剧融合，用独具美感的京腔京韵，配京剧特有的"唱念做打"程式，引领观众重温经典。

用传统戏曲形式（京剧、昆剧等）演绎《红楼梦》，把潜藏在小说文字中的审美世界用"韵味"与"意境"再现，别开生面。

散场后，我往停车场走去。想起中学的时候偷读《红楼梦》，那是"文革"时代，《红楼梦》属于禁书，但还是在同学间悄悄流传。书又旧又破。在家里读，父亲也说"男不读《三国演义》，女不读《红楼梦》"，不知道哪来的歪理。只好放学在草场柳树下读，回家在被窝里打着手电筒读，因为借书在期限内要还。工作后又重新读过一遍。至于四大家族的反封建史，我也看不懂，大多情节记不清了。但迄今为止《红楼梦》让我懂得：人生有情！无论以后我再读中外爱情小说，都没有超越《红楼梦》的"情"深。

《红楼梦》开篇的十六字偈语"因空见色，由色生情，传情入色，自色悟空"，一个空空道人，他在石头的劝说下把刻在石头上的《石头记》抄写下来之后，就改名为"情僧"，把《石头记》也改名为《情僧录》。空空道人悟道的过程中，"情"起到了关键作用。"情"是媒介，是纽带，是支点。没有了"情"，所谓的"色"和"空"就是真正的虚无，没有价值。

"色即是空，空即是色"这句佛家名言，包含着很深的哲学思想，小说以贾、史、王、薛四大家族的兴衰为背景，以贾府的家庭琐事、闺阁闲情为中心，以贾宝玉、林黛玉、薛宝钗的爱情婚姻故事为主线，描写了以贾宝玉和金陵十二钗为中心的正邪两赋有情人的人性美和悲剧美。

《红楼梦》也是我国儒释道文化用文学作品最好的再现，是我国传统文化的集大成。说实话我个人不太喜欢贾宝玉，他不干正事，成天泡在女人堆里，与林妹妹谈情，与他人调情。反思，用我今天的教育背景怎能完全理解三百多年前的人物，无论如何走近，我们都不可能完全还原、还真那个时代。不得不谦卑恭敬地佩服曹雪芹塑造了贾宝玉、林黛玉、王熙凤等典型人物，今人谁能超越？《红楼梦》是中国文学巅峰伟著，也是世界文学罕见的文学瑰宝。伟大的作家曹雪芹！

《红楼梦》是一部"大旨谈情"的小说。这里的"情"不仅是爱情、亲情、友情、知己情、相思情及生命之情种种，还是对宇宙的关怀、对众生的悲悯。可以说"情"是贯穿整部《红楼梦》的精髓，也是曹雪芹最精彩的一种价值。这种价值，超越了世俗，超越了理性，也超越了时空。

2022年10月30日龙潭中湖

文化如何觉醒？

当代著名女作家残雪发表了一篇文章《当代文学没有希望，许多作家都在文坛混》，看得出来，她还保持着20世纪80年代直爽坦诚的风格，这种个性的人我比较喜欢，干事直来直去。

她是当代著名女作家之一，著有长、中、短篇小说，散文等，小说哲理性强。她的作品丰富，代表作有《黄泥街》《山上的小屋》《苍老的浮云》《五香街》《最后的情人》等。后来的作品有很浓的西方小说表现方式，她自己说："我从事的是灵魂探索。"近几年连续是诺贝尔文学奖提名排前的作家。她是我国先锋文学的代表，外国有人称她是"中国的卡夫卡"。她是作品被国外翻译最多的女作家，其作品多次被美国、日本等国选入世界优秀小说选集。

残雪的作品冷僻而生涩，压抑又晦涩，阅读门槛较高，前些日子我买了几本她的书，读起来难懂，便暂时放下。

今年，残雪和余华都位列诺贝尔文学奖提名前三，我非常高兴。一个国家的文化、文学、艺术不只是被自己认可，还要被世界更多的人认同欣赏，为他们的努力鼓掌。

残雪关于《当代文学没有希望，许多作家都在文坛混》的文章，大多观点没错，她用犀利的文笔对当今文坛乱象进行深刻地剖析和批判。个别观点值得深入思考。

例如,她说:"哲学同我的文学是一个硬币的两个面。其实我早就在写哲学了。我的一些文学评论和不少小说都是哲学,只是没有评论者看出来而已。中国的文学土壤贫瘠,产生不了真正的批评家。80年代以来我们的比较好的文学作品都是因为吸收了外国文学的营养。"

又如:"我认为当代文学有没有希望,同我们接受西方文化,向西方经典学习的程度是同步的。"

再如:"我这里所说的文化积累不是掉书袋子的那种积累,而是指那种文化是否渗透到了你的潜意识深处……因为我们缺乏创作的自觉性。而这种自觉性,在我们中国传统文学中是一个空白……历来的中国文学在人性刻画上都是平面的,没有层次而幼稚的。所以文学作为文学自身要站立起来,就必须向西方学习。"

关于向西方学习我不反对,关键是怎么学?这个问题不是残雪一个人的问题,是百年来我们知识分子应该思考的问题,也就是我们用什么方式文化觉醒?

首先,中国文学在人性刻画上不是平面的。《红楼梦》中哪个人物不是栩栩如生的立体,甚至写尽贾、史、王、薛四大家族的悲欢,写尽了那个时代的历史兴衰。

不说古代文学,说现代女作家张爱玲。她的《半生缘》《倾城之恋》等作品,她没有学习西方的哲学和文学写作技巧,她有学习曹雪芹写《红楼梦》的痕迹,她的小说不立体不深刻吗?

当代也有一大批好作品,王安忆的《长恨歌》,余华的《活着》,张贤亮的《绿化树》,等等。

其次，用文学创作写哲学是比较难的。西方哲学的逻辑思维极强，文学和哲学是两个学科，我们的文学创作可以展现哲理或哲学思想，但不是哲学著作。

西学东渐以来，我们全面开始接触学习西方的文化、文学、哲学。龚鹏程先生在他的《中国传统文化十五讲》中说："目前整个中国哲学研究，因对传统已极隔阂，对文献又不熟悉，对其美感品位亦不亲切，对古人之天人相应态度也甚为陌生，故研究导向一套新的典范，研讨的问题和接受答案的判准也改变了。几乎所有的人只能采用西方哲学或科学的思考方式、观念系统、术语、概念来讨论中国的东西。碰到这个新'范式'所无法丈量的地方，便诟病中国哲学定义不精确，系统不明晰，结构不严谨、思想不深刻，等等。"

这些分析深刻精准。学写唐诗宋词多难啊？词牌、押韵，关键是我们"文革"中成长的一代人，中国字都认不全，怎么去读懂自己本民族的文化、文学及哲学。

我现在觉得，我们这代人是先读苏联小说，后读西方小说长大的，都是喝着洋墨水变老的，没读过几本自己文化历史的书，真的是渐行渐远。

经常会有人拿《红楼梦》与莎士比亚的"四大悲剧"比，先不说文化不同，类型不同，一个是小说，一个是戏剧，可比吗？

我不反对残雪等先锋派的作品、想法，以及借鉴西方哲学及文学的创作方式，但我更加主张文化要以传承本民族文化为根性，根不存在一切都无，我们文化的根也就是我们文学之根。还是那句话，"只有民族的才是世界的"，如果世界文化、文学、思想、哲学都变成西方一种色彩,这个世界还会活力四射吗?

"中国人早在四千年前已用餐叉了,以黄河中游为多。用匙,更早在七千多年以前。至迟在商朝便已开始用箸……箸,明朝以后称为筷子。"(龚鹏程《中国传统文化十五讲》)

我这把年龄才知道"箸"就是天天吃饭的筷子,一阵阵脸红。我们又有多少文化人知道?

我的感慨绝不是说残雪的这篇文章有什么问题,其对现在的文学现象批判得很好,只是有些"西学"运用的观点值得商榷。

我们这个民族几千年留下来最大的精神财富就是包容,汉族不是一个民族概念,而是一个文化概念。我们包容一切文化,但是我们本民族的文化根性不能丢失。

我们在敞开胸怀拥抱红玫瑰时,不能丢失我们的牡丹,以及梅、兰、竹、菊。

2022年10月5日于龙潭湖

深秋的浪漫

今年没有出京游玩。在京也有五个多月没去郊区，只在市内转公园。都是奥密克戎病毒闹的。非必要不出京，为了不折腾自己也不折腾别人，我非必要不出门。人长期在家待着，会提前进入老年痴呆的。

今晨起来，蔚蓝的天空，阳光明媚，刷新往日的阴霾。前些日子看某直播平台，说延庆区有个阪泉体育公园有上千亩的金色稻田，像宫崎骏的画，玉渡山像瑞士，还有"忘忧湖"，听着名字都美。

上午八点，我突发奇想，背起背包去延庆，一百多公里，还好只有东二环有点堵车，一个小时五十分钟终于到了阪泉。褐色的远山，山上黄茅草枯了，光秃秃的山，妫水河畔，路边的树叶满地，树枝上挂着不多的树叶。

到了阪泉体育公园，门口有租四轮敞篷自行车的，一个小时30元，租车人说这个公园几千亩大，想看要走七公里。我突然想起来问："现在还有稻子吗？"他说："没有了，你可以去看芦苇。"来都来了，只好租车，我几十年没有骑自行车了，开始觉得好玩，没蹬二里路就累了。把车放下走吧，也没见到芦苇。还好成片的树林里有丹枫、杏黄、柿红，不见一个游人，今天阵风6级至7级。本来延庆比城里冷,夏天来避暑的,我却近冬了跑来。

　　算了,去玉渡山看看"忘忧湖",是否能忘忧。车开到大门口,看门人说闭山,不开门。只好往回走,中午该吃饭了,路边有个"羊蝎子火锅",天冷就是它了。花了150元,吃完了才觉得咸。我不甘心,又去野鸭湖,这时阵风飕飕的,戴着口罩也不管用,风像麦芒一样刺脸,只好打道回府。小路边看见了一群鸡鹅,满是欣喜。

　　往返二百多公里,灰头土脸进家门,早上吃过饭的碗都没洗,我心想:这是浪漫与现实的一天。

2022年10月31日

致我亲爱的安安、康康

今天是北京冬天的第一天,也就是立冬。

昨天,我们一起围着电火锅吃鱼头泡饼,我忙着给你们撕饼放在锅里又捞出来,分别夹给你们,再挑鱼刺、剥虾仁给你们吃。你们的习惯是边吃边聊天,我担心天凉吃凉饭胃不舒服。我说:"吃不言,睡不语。吃完饭再聊吧。"

康康噘着嘴说:"你不能强迫我干什么不干什么!"

我说:"对啊。但是也不全对,比如你过马路闯红灯,我就说不行。比如你天天玩游戏不读书,我也说不行。比如你不洗澡,不洗脸、手,不剪指甲,我也要说不行。"

孩子们,你们可能认为我是一个严厉的姥姥(就像你妈认为我不讲理,无法沟通)。良好的人生习惯从小养成,我多么渴望你们成为优秀的人。

记得2011年的白露,安安在北京协和医院出生,你妈在进手术室前(你们俩都是剖宫产)让我起名字,开始我依着中国传统文化,孩子名字起丑些好养。我说:"女孩叫小米,男孩叫土豆。"你妈说我:"就知道吃!不行,重起。"我本来想靠美丽辽阔的大地养育你们,经风雨见世面,也蛮可爱的。你妈不认可,我只好又想，我们最期盼孩子什么呢？无非是：平安健康快乐地成长！我又说："女孩叫安安，男孩叫康康，合起来就是一生安康快乐！"最朴实的期盼。

我们全部在手术室门口站着，等了几个小时，护士说不从这个门出，从东边的门出，我们几个老人掉头就跑，我跑在第一位。生怕你攥紧拳头的小手，来到人间受到冷落。我跑到门口，大门缓缓打开，我的朋友抱着你让我们看一眼，我奢求道让我抱一下，只抱一下（按规定是不可以的），因为有人说，孩子刚出生，谁先抱，长大性格就像谁。

这是我一生中最最幸福的一天，因为我当姥姥了，生命有了延续，我看到了生命的延续和希望。

2015年的腊月初十我们又迎来康康的出生，你哭声不大，看来是一个好脾气的。但是你妈怀上你时让我担尽了心。怀孕40多天孕酮低，怕"先兆流产"，协和医院妇产科大夫给开了黄体酮口服一个月，又去看还是低，我着急了："大夫能不能打黄体酮针剂，加大量。"大夫说："我们帮孩子一把，如果他优秀，他就会生存下来。加大药量对孩子不好。"我知道大夫在你没出生时，就告诉我们"优胜劣汰"的自然丛林法则。

康康，你健康地出生了，证明你是优秀的。

从我51岁开始，安、康就是我生命中最重要的亲人，也是我的命根，一切出发点、立足点就是你俩。

你们从满月开始，每周去龙潭湖公园游玩，半岁开始抱着你们玩各种游乐设施，龙潭湖收票的阿姨都知道，说："你带大了姐姐，又带弟弟来。"开始两个人一起来，渐渐安安长大了，一点不愿玩了。康康特别喜欢玩旋转小汽车，20元玩一次，只有三分钟，每次都玩三次，不下来。你们喜欢玩蹦床，摇摆大锤，音乐是"你是我的小呀小苹果……"你们童真的笑声伴着音乐飞向蓝天。

安安两岁半上幼儿园查体，查出左眼先天远视640度，几乎1米都看不清，走路不平衡易摔跤。每半个月我带着她去请同仁医院的周大夫看眼睛；又陪着康康看舌系带，从小你们俩连感冒我都没缺席。

安安五岁在广渠门伊顿幼儿园，课外活动时与小朋友骑自行车，屁股摔破，立即送到儿童医院，我两腿发软，紧张地问大夫有没有伤着？大夫说还好，万幸只是划破皮。

2021年夏天去宁夏中卫沙坡头玩，回到银川市康康感冒了，高烧40摄氏度，我吓坏了，半夜抱他去自治区医院，两天烧降不下来，大夫说有炎症，只好同意大夫静脉输液，上抗生素，滴头孢菌素。护士扎了三针才扎进血管，康康哭喊着哀求："让我冷静冷静！"其实他想说让他休息休息。我抱着他，我们俩一起哭。扎他比扎我的心还疼。第二天体温降下来，我赶紧买了机票回北京。

这些年你们给了我无比美好的回忆，每周陪你们去杨梅红上绘画课，陪安安上小提琴课。最快乐的是我们一起去宁夏、上海、乌镇、珠海、青岛、大连、北戴河、海南旅游，每年都有一次说走就走的旅行。可惜今年一年因为疫情无法出去。

昨天，康康仰起他天真无邪的小脸问我："姥姥，我们为什么要去美国？"我愣了一下，看了一眼安安，她投来赞同的目光，是啊，姥姥为什么舍得让你们远离？我的泪水硬被我克制在眼眶里。上周就因为不能带"刺球"（他们可爱的猫）走，俩人哭了，安安哭得特别伤心,我安慰道,等疫情过后,有直飞的飞机,你们回来带走。又给他们讲,人生就是不断地告别与成长。

康康与安安一样也是一个有思考能力的好孩子,只是没有安安那么泼辣,希望安安对弟弟再温和些。

康康一问,证明俩孩子都在想:"我们为什么要去美国?"

首先,美国的确是一个思想自由、科技创新、教育发达的国家,有上百名获得诺贝尔奖的人,这个奖目前是世界最高奖。

我一生走来,人生最大的幸福就是接受最好的教育,去创造自己想要的生活。美国的教育是成功的,所以想让你们去那里上学。

我生长在"文革"时代,后来努力,读了两个硕士研究生,一个是中国哲学,另一个是美国小石城教育学。

你们的妈妈也很优秀(虽说在我的威逼下),她的大学本科是得州大学奥斯汀分校,虽是公立大学,她的专业在全美排名13,后来在我的威逼下,她又上了北京大学和美国西部大学的双硕士MBA。她的工作阅历更是丰富,曾就职于世界著名的摩根士丹利投资公司、联想科技公司、瑞银投资公司。有多少你妈同龄人有这么优秀的经历?

所以,你们要超越妈妈,一个人有理想,有奋斗,有健康的身体才是快乐的一生。

宝贝安安、康康,你们去了美国还有更多的考验等待着你们。美国的富人很多,也就是有钱人,现在你们就是勤奋学习,不要与同学比名牌,比大别墅,要比学习好,比才华、才能,精神富有才是真正的富有。

还有,你们是黄皮肤,可能会遇上素质低下的外国人排外,但大多数人不会。但是你们自己要自信：我是优秀的中国人。不要轻看自己，不要气馁。只要你们学习好，考上好的大学毕业后，哪里都会抢着要。鲜花盛开，蝴蝶自来。所以什么样的人生全靠你们自己去拼搏，去奋斗！

宝贝们，你们俩既聪明又懂事，好好孝顺你们的母亲，她生你们就不容易，她一个人带你们去闯世界，你们唯有努力学习来报答母爱——这个世界最伟大的爱。

我只能在遥远的北京祝福你们好运！

姥姥

2022年11月7日凌晨三点立冬

冬雨

没想到昨天还晴天，今一大早就白雾茫茫，雾霾缭绕，冷热空气对流。

前两天与好友丫约好下午去趟通州，按规定又做了24小时核酸，不去白做了。

天上下起小雨，这是今年冬天的第一场冬雨，冬雨作寒。所有建筑物被烟雾笼罩，大地一片苍茫。上了通州快速道，过6公里的运通隧道很快就到了。

每到通州我就想起大运河的故事，为什么古代留给我们许多美好却那么遥远，哪怕留下些符号的印记也好。我期盼穿越，带我回到运河繁荣的景象。为什么日本明治维新后，现代化进程并没有破坏他们的传统文化和教育的传承？

隧道里黄色灯光闪耀，时速不能超过80公里，脚下是一片运河的大地，让人思绪万千。

马克思是站在黑格尔肩膀上超越他的"绝对精神"，创建了历史唯物主义哲学。不知道西方哲学中，在马克思后的哲学家们有没有、能不能超越马克思？我想，伟大的马克思博士有伟大的胸怀，希望后来者超越他，能够超越才是唯物辩证法的核心价值观。

前不久，今年的诺贝尔物理学奖颁给了研究"量子纠缠"的三位物理学家。科学证明了量子具有纠缠性，也就是证明量子力学是正确的，这也就证明了爱因斯坦的一个错误。但并不是说爱因斯坦就不是伟大的科学家。

"量子纠缠"承认了暗物质的存在，回到了阳明"心学""心性"的中国哲学概念，"一念三千""一生二，二生三，三生万物"，意念的无限意识存在，科学研究是有限的。

谁说我国的哲学思想落后西方？早在春秋战国时代，我们的贵族制度土崩瓦解，西方落后我们上千年，大概是1688年英国的光荣革命、1789年的法国大革命后，西方的贵族社会才逐渐瓦解。

早在公元前221年，秦始皇统一中国，中国正式进入第一个中央集权制王朝——秦朝。

秦以前社会的基本单位是以血缘为纽带的宗族，即宗族社会。在氏族社会中，国家只能管理到宗族，而无法直接管理到每一个人。自秦代开始，社会的基本单位变为具体的个人，通过编户齐民的政策，国家可以直接管理领土内的所有人。这一变化便是著名的"周秦之变"。

我们的大一统早在二千二百多年前就完成了。

今天的欧盟、东盟不就是想"大一统"，晚了我们两千多年。

出了6公里的运河隧道，我的思想穿越了一段中、西方历史的隧道。

冬雨没有秋雨的端庄、柔情、缠绵，雨珠淅沥着洗尽雾霾，滴落在身上有些冰凉，让人清醒。

每次见到丫我都能感受到心灵的轻松和安静。她总是那么宁静沉稳干净，一双清澈的眼睛没有任何杂念，我喜欢与这样的人交往。

她没有什么"远大的理想"，从她的眼神中看不到熊熊燃烧的欲望。她就是相夫教子，过平静的生活。每每与她聊天，我的心就能顿时安静下来。

她淡淡的言谈中总是不经意地流露出自己对世界，对生活的认识，自己的信念。

看着她，我不禁想起沈复《浮生六记》的芸娘（陈芸）；蒋坦《秋灯琐忆》的秋芙（关瑛）。芸娘和秋芙被林语堂形容是中国古代最可爱的两个女人。

心性淡远的生活，何不是聪明女人最好的选择。

2022年11月11日冬雨之夜

久违的天坛

在奥密克戎病毒导致的病例每天新增过千的情况下，我还能骑着电动车去天坛游玩，真的觉得我是最幸福的人。

我家离天坛不远不近，一个尴尬的距离。公交车也就两站路，开车去没地方停车，坐公交担心"疫情"，如果步行去，再在公园内转一圈，也得走二万多步，担心我的体力不支，只好用上电蹦子，十几分钟就到。

到天坛东门，没什么人，门开着，有收票的人站在寒风中。我熟练地刷健康宝，48小时核酸，测量体温，拿出老年卡顺利过关。

一进门，莫名地兴奋激动，虽然有风也不觉得很冷。

久违的天坛，十多年没有来我喜欢的天下第一圣坛。

那是因为十几年前，我剧烈咳嗽，特别是开会时，领导讲话我不停地咳，实在不行我就出去。会后同事调侃我："你是不是故意的，对领导有意见？"我一脸无辜，还好我的那个领导是东北人，大度，没理我，也没问我为什么咳嗽？也没劝我去看病！至今我们也是好朋友。

咳嗽半年，中、西医都没看好，只好去协和医院一查，"过敏性咳嗽"，两个胳膊扎了几十针，测出十几种变应源。最严重的是对松柏树六级过敏，英国梧桐树四级过敏。从此，我再未进过天坛公园的大门，隔断了我喜欢的六百多年的松柏树。听说天坛有三百年以上的古树一千多棵。

我和天坛有缘分。2005年年初,我参加中央的一个督导组,督导北京、天津、奥组委,有幸在北京东四十条市委招待所(好像是当过北京市市长吴德的官邸),一个四合院工作居住半年,那是我唯一一次住四合院。

对北京的了解从那时开始。这里工作结束后,我回到中直工委宣传部,也就是当年的11月的一个冬日上午,朋友打电话叫我去他的办公室,问我:"你有好事了,商调函来了,知道哪个区吗?"

我心里想,一定是去北京市工作,特别高兴。我迫不及待地问:"哪个区?"他神秘地用手指着墙上的北京市地图,微笑着边指边说:"你喜欢天坛吗?"

我说:"当然喜欢!"我们都知道是崇文区(今东城区),但都没说明。

他又说:"我们还舍不得放,为了你的前途,尊重你的选择。"又接着说,"区是小了些,但是适合你,城中区,没有农村。"

我这一生都缺乏农村、工厂的历练。

他又问我:"地方工作很实,你喜欢什么工作?"我说:"最好是文化、教育,最终是服从组织决定。"

谁都没想到,我也没想到当了区里的纪委书记。关于这段经历以后回忆。但是我终身感谢的是北京市声望高,人品好,思想深刻,能力极强又厚道的老领导,他经常提醒我,先调查研究,一切事情了解清楚了再讲话。

人一生的成长与进步,就是你有幸遇到一个伯乐。

学者、教授可以预判,想说什么都行,结果不好,可以再重新来过。公务人员，你的决策，是多少人要执行的，容你试错的机会越少越好。你的决策小至吃喝拉撒，大到身家性命。地方事务的复杂程度远远超过我在大机关工作。

我在天坛边上工作了五年，也就去过三次天坛，两次都是公务。

2022年，冬月的冬日，寒风吹着老松柏树枝嘎吱作响，松针追着松针穿过树林的声音。

天坛整体体现出"天圆地方"的宇宙哲学观，屋顶颜色基本采用了蓝色琉璃瓦，是受到"天蓝地黄"传统观念的影响。

我站在620岁的柏树旁，仰天长叹，古树载着、看着历史的兴衰；我站在丹陛桥上，看到庄重典雅、气势恢宏的祈年殿，似乎看到了中华民族文化底蕴及深厚的文脉。

我又从祈年殿走到回音壁，不禁感慨我伟大祖先的智慧。我站在"圜丘"的"天心石"，大喊一声"北京好！"声音浑厚、洪亮且有回音，像用了麦克风。

回音壁用层层递进的方法，第一圈九块砖，第二圈十八块砖，直至八十一块砖，如果用此方法修建一个剧院，根本不用麦克扩音器。

想起当年我在美国上学，去Rice University（稻米大学）参观，他们带我去参观演讲厅，进去讲话有回音，那位白人教授得意地告诉我，这个建筑运用你们中国"回音壁"的建造原理建的，我嘴上说这是我们的中国文化的输出，心里却不舒服。

我爱这里的每一片瓦，我爱脚下的每一块城砖。

寒风瑟瑟，天蓝坛远。祈祷我国的历史文化源远流长。

无量宫，纵有无量登天路。古今情义难两全，难两全啊！

2022年11月25日

今年的初冬特别冷

近几天寒流降温，突然，白天气温从零上十几摄氏度降到零下6摄氏度，断崖式降温。有些数九寒天的感觉。龙潭湖公园关了半个多月，就是封小区也就7天。如果担心聚集，不让跳广场舞就可以了。

本来养成的生活习惯被打乱了，只好在小区溜达。小区小，很难走到一万步。

人是需要阳光的，这个年龄易骨质疏松，疏松了骨头上就会有许多窟窿眼，真的没有年轻人骨头硬。

中午冬日的阳光照在家里阳台上，暖洋洋的，不能看书，只能晒太阳。犹豫外面天冷，怕缺钙，晒太阳，吸新鲜空气。还是坚持下楼散步。穿上羽绒服，戴上帽子、口罩。一下楼，寒风刺骨，顺着衣缝、裤脚往骨头里钻，真是无孔不入。空气干燥，风又硬又冷，像针一样刺在脸上。现在品尝到干冷的滋味。

小区里一个人也没有，这么冷的天谁出来？！坚持转圈，看着天空，看着阳光斜照在楼上的墙壁。

想着安安、康康每周末与我辩论，姐姐主辩，弟弟帮腔，就像说"三句半"，他总是说后半句，是的，对的，正确，神态老气稳重。

有些他们不听我的，比如少看电视，不玩游戏，他俩合起来给我讲一大堆看电视玩游戏的好处：开阔眼界，提高语文水平，开动脑筋，培养创造力等；在价值趋向上还是能一致的，不与同学比名牌，比谁家房子大，谁家车好。我每每问比什么？他俩会异口同声地说："比读书多，谁更有知识，有才华，帮助别人，健康快乐！"每听到这些，我发自内心地欣慰，很有成就感。

我还加上一句，用你们的大脑和双手创造你们想要的生活。

夜晚康康躺在我身边说："妈妈说考上好的大学学费很贵？！"

我说："你别担心，只管努力学习，如果以后你考上了好大学，我把房子卖了也供你上学。"

他看着我，嘴角一撇，眼泪就流下来哭着说："我不要，你没地儿住了，变成流浪猫了。"

我一把抱住他，内心自责，顺口一说，给孩子这么大的压力。忙说开玩笑呢："你妈说了，你大了，放假可以打工，国外可以教育贷款，等等。"

等康康熟睡，我端详着他天真无邪的小脸，长长的睫毛，我怎么能忍受别离之苦，我的泪水顺着眼角流下。暗黄的灯光像小小蜡烛。想起一首古诗：

> 黄鹄一远别，千里顾徘徊。
> 胡马失其群，思心常依依。
> 何况双飞龙，羽翼临当乖。
> 幸有弦歌曲，可以喻中怀。

请为游子吟,泠泠一何悲。
丝竹厉清声,慷慨有余哀。
长歌正激烈,中心怆以摧。
欲展清商曲,念子不得归。
俯仰内伤心,泪下不可挥。
愿为双黄鹄,送子俱远飞。

培养一个大学生、研究生不容易。我们不可能让年轻人完全绝对听我们的,何况在生物进化论上,他们一定是要超越我们的。他们如果不关心天下大事,只顾自己,变得比年龄还圆滑,我们担心他们会是"精致的利己主义者"。与我们想法不一致时,一定会冒犯到我们。多一些宽容和价值观的教育。思想进步,社会才能进步。

寒冬十二月,晨起践严霜。
征夫怀远路,游子恋故乡。

愿我们都能回归心灵的故乡。

2022年11月30日

何为美？

今天，关闭二十多天的龙潭公园终于开放了。我极为高兴，上午一趟东湖，下午一趟中湖，担心不知道什么时候再关了，失去我生活中一半的快乐。

这两年我对龙潭湖有了生命的依恋，读书累了，下楼去转一圈，哪里有杨树、柳树、槐树、梧桐、银杏、核桃树、海棠，我都记得清清楚楚。哪里有小松鼠，哪里有猫咪，哪里有野鸭，哪里有戴胜鸟，我都知道。龙潭湖留下我的脚印，留下我遥远的思念。

有书和龙潭湖的陪伴，我不感到孤寂。仰望蓝天，经常去思考一些自己没能力摸到"天花板"的思想。

公园里没几个人，湖面结冰，上午东湖上有几只寒鸭戏水，下午中湖完全结冰，透明的冰在夕阳下重重叠叠闪着光。夕阳照射在冰面，冰上的夕阳静美。不禁想起刘鹗《老残游记》里描述黄河结冰的美文。

中、西方哲学本质问题、想解决的问题，不就是真、善、美，只是解释方式不同而已。

西方哲学，真，是纯粹理性判断的问题；善，是道德理性的问题；美，是分析判断力的问题。

中国哲学，大概真、善、美是统一的，善即美，没有真就没有善，更谈不上美。

谈恋爱没有真情，只是利用或者一时的冲动与欲望，何为美？

当官做不到守土有责，守土有方，当地的一个县、一个区老百姓叫苦连天，何为美？

交友只为利益，虚假应酬，没有真情实意，何为美？

做事三天打鱼两天晒网，牢骚满腹，自己能力有限，一事无成，抱怨天地，抱怨同事，何为美？

老残心里想道："岁月如流，眼见斗杓又将东指了，人又要添一岁了。一年一年的这样瞎混下去，如何是个了局呢？"

又是年末，我不担心岁月留给我的皱纹，我担心岁月别抹去我的真心、真情和善良。

孔子"礼"的本质就是情。一个人，做个真君子"温润如玉"，又"温柔敦厚"，宽厚待人，厚重有内涵，润泽可爱，这样的美，才是中国人的本质之美。

2022年12月7日 龙潭湖

艰难前行

连日来，我外地的好友发微信、打电话问我："听说北京大部分人阳了，你怎么样？"我说："我们全家都阳了，像重感冒，没那么可怕。"朋友又说："谈谈感受。"我耐着性子说："身体不舒服，以后再说吧。"我是不愿意让别人觉得我在消费苦难。疫情给千家万户带来了程度不同的痛苦。但是让我流泪感动的人太多，在这场抗疫中我又看到了人性的光辉。

要说的感受太多太多，不知从哪儿说起。

我是12月9日夜里突然发冷，起身去客厅找体温计，又找了一盒连花清瘟颗粒，腋下体温37.5℃，接着浑身骨头缝疼痛难忍，我马上吃了一包连花清瘟。第二天体温38℃，我取出事前备好的一盒抗原试剂，三五分钟后结果是弱阳，我知道自己感染了"奥密克戎病毒"。我十几年没感冒了，那年在单位打流感疫苗，打完了我心跳130，还缺氧，又是吸氧又是打针，第二天就有感冒症状，从此我再没打过流感疫苗，也没感冒发烧过。

2013年又患过敏性咳嗽至过敏哮喘，吸了三年激素，哮喘好了又患上阵发性房颤。所以这两年不能打新冠疫苗。我非常小心，出门戴口罩，手都快洗脱皮了。只是去公园，基本不见人，更没有聚集。去年、前年我都会出京旅游。今年一年,非必要不出京,从年初开始,两三天做一次核酸。大家的共同心理是"不怕阳,就怕拉去方舱"。听说大多是无症状。

我老伴打过三次科兴疫苗,他要出门买菜,我阳了第二天,他也阳了,高烧39℃,浑身不疼,只是嗓子疼,咳嗽有痰。我把连花清瘟给他吃,我又改服了两天金花感冒颗粒,两天就不烧了。只是咳,有痰咳不出。又担心上呼吸道感染,不要变成下呼吸道感染,自己又服好友闪送来的化痰药,又吃了两天头孢霉素。只吃了两天就好多了。把药省下来给老伴吃,他也咳得胸口疼,他现在也基本好了。

没想到停了两天药,我又开始咳嗽,有痰,不敢再吃抗生素,家里也没有了,打电话给同仁堂中医院的友人,她让我拍一张舌苔的照片发给她,又闪送了五服肺温热排毒汤。灯下,我自己边熬药边闻着芳香化浊,浓浓的草药味儿,亲切,一定能排毒。

我发烧时,女儿打来电话,两个小外孙也阳了,高烧39.5℃,吃了"泰诺",第二天又烧到39.7℃,我无法镇静了。我给儿童医院的院长友人打电话:"我外孙阳了,高烧,怎么办?"他声音沙哑,一副疲惫的口气对我说:"大姐放心吧,先给孩子退烧、喝水,物理降温,用温水擦腋下、腹股沟,如果不退,你带他来,我给他输液。我昨晚上收了三百多个孩子。我们的大夫即使阳了,穿着防护服还在坚持上班。"我的眼泪哗哗往下流。"您千万保重啊!"他还是东北人的幽默:"放心吧!我是儿童团长,不那么容易倒下。"我赶紧挂断电话,怕他听出我的哭声。

我给女儿打电话让她物理降温,尽可能把床位留给更小的小朋友。

我真的起了想去儿童医院当志愿者的念头，但是我还阳着，又有心脏病，别再给他们添麻烦了。

还好，在女儿精心照料下，他们三个两天就退烧了。

门铃响了，打开一看是单位寄来的一盒连花清瘟、一盒金花感冒颗粒、一盒抗原试剂，我的泪水夺眶而出，一线的同事都下到社区，阳了也在工作，还有的人半年多没见老婆孩子了。

我的血压突然升高，心率加快，我问好友玉杰院长，他让我加服"倍他乐克"，他嗓子哑得说不出声来，还笑着说："我走在阴阳之间，阳了该做心脏手术的照做。"我眼泪止不住地流。

阜外医院湘斌主任，穿着防护服不停地接诊、做手术，云南来的，全国各地来的，管他阳不阳。

芳子大夫自己刚做完大手术，还化疗，备着睡袋睡办公室，她却笑着对我说："睡在这，有人管饭了。"其实是盒饭。

我们的医护人员把自己的生死置之度外，用自己的命换病人的命。

潇逸是留英回来的小女孩，自主创业，自己都阳了，还到处问，哪里能买到药，我要捐药。

凛冽的寒风中，那些发着高烧排长队的人，没有抱怨，那些叫不到120的人，那些年轻人主动喊出把剩下的10%的机会，让给老人、孩子和孕妇，那些快递小哥没让这座城市停摆。

放开了，大街上没人，商场没人，公园没人，地铁、公交没人。如果一座城市没人，没车，没声音，与往日的繁华喧闹反差太大，太安静了。

这座城市的空气里仿佛都弥漫了奥密克戎，但是北京人仿佛无声地喊出："奥密克戎我们跟你拼了！"

快三十年了，我仿佛现在才懂得这座城市的坚强与勇敢，我仿佛才明白什么样的人才配做北京人，难怪我深深爱着这片土地和蔚蓝的天空，更爱和平鸽下五湖四海的北京人。

打开窗户，看到龙潭湖冰面上的中国尊，我的热泪潸然而下。

让我们一起手拉手战胜人类罕见的瘟疫，再艰难，北京人仍然选择了前行。

祈祷阳着的人们快点好起来。

2022年12月20日北京

破冰者漫记

进入冬天的12月，古代称"冰月""腊月"等，冰月是多么富力有诗意的称呼。我国古代文化的显著特征就是"雅"。优雅的中国古代文化，无论是音乐、文学、医学、宗教等，无处不在的雅致。

龙潭湖结冰了，冰还比较厚实，可以在上面滑冰，清晨的阳光照在柳枝下的冰面上，傍晚夕阳西下，一抹红霞落在湖的冰面。

冰月就是冰的透明美丽。

今天上午在龙潭湖，发现有人开着"破冰机"，破冰，为什么把平整的冰面破开？我不解地问湖边的人。

"为了给野鸭、鸳鸯、水鸟一片生存之地。"

顿时感到人与自然和谐共处之美，是啊，没有生存环境，它们只能远飞。

有一片湖面保留了一湾湖水，寒鸭戏水，鸳鸯紧紧相伴。还真有点李煜"一重山，两重山。山远天高烟水寒，相思枫叶丹。菊花开，菊花残。塞雁高飞人未还，一帘风月闲"的意韵。

看来"破冰"者有大爱。

我不禁想起，昨晚在大西北的大哥、同学、朋友不停地给我打电话，发微信，想买美国辉瑞抗新冠病毒特效药Paxlovid（奈玛特韦片）。我一大早开始问，先问医生朋友，"管理严格，只有住院，呼吸内科可以开处方"。又问社区医院，"严格管理，只有65岁以上有基础病的老人可以用，见人并持有核酸阳性证明"。我又发微信给在美国的华人朋友："你们美国人吃吗？管用吗？"

他说："在美国因为华人抢购已经被限制了。"并说美国人不知道这个药，是华人抢。

我不禁想，中国人要什么，什么就稀缺。美国的房价听说也是中国人去就炒高了；前几年欧洲人特别喜欢中国人去旅游，名牌包、服装、手表，各种奢侈品被疯购。现在又抢购美国辉瑞的抗新冠病毒的特效药。

占世界人口五分之一的中国人，最大的市场资源，旅游资源，航空、酒店、商业，国人喜欢购物，走到哪里买！买！买！所以"脱钩"是孩子话。

人口红利，改革开放让我们过上好日子，否则别说全世界飞，出省都难。

先不说这药究竟效果如何，因为是新药，还要看临床效果。我看到"一窝蜂"现象，国民的狂热行为，突然让我觉得我们丢失了什么——教育和文化，我指社会教育。

前些年狂购奢侈品，满身名牌，随便吐痰，"金玉其外，败絮其中"，这本来是中国文化鄙视的生活方式。现在许多人只装饰自己的面子。

现在疯狂购药，可以理解，谁都想抓住救命稻草。

开始先是抢购连花清瘟，现在是疯抢进口特效药。

现在又有人说:"连花清瘟伤肝肾。"

其实,无论中西药,吃多,乱吃,都有伤肝肾的风险。

用中药还是用西药,是用连花清瘟等中草药,还是用美国辉瑞的抗病毒药物,用中医还是西医,这是中西文化纠缠的问题。

用中国疫苗还是用美国、德国等外国疫苗这是个医疗科技问题。

相信中医还是西医是中西文化问题。根本上就是两种不同文化百年来的西学东渐,或者从根本上就没有厘清。

中医抗瘟疫有千年的历史,据说中国古代瘟疫大流行有12次,因此我们有《黄帝内经》《伤寒论》《本草纲目》等著名医学著作,造就了华佗、张仲景、李时珍等名医,全是中医解决问题,那时也没得选。

当然,现在找到一个地道的中医,没施化肥的中药材也不容易,许多中医是用西医的诊疗方式培养出来的。

百年来西方各种文化潮水般涌来中国,我们"兼容并蓄",传统文化丢失了,"破四旧"全打倒了,但是在民族血统中,日常生活中,儒、释、道文化又流淌在血液里、骨子里,民族特性怎能丢失。

中医把人体看作一个小宇宙,整体调理,望、闻、问、切,一人一个药方;西医是科学方法,先用实验室,用小白鼠试验后再制药给人临床试验,哪痛医哪。

我个人中医、西医都试过,中医慢些,是对整个人体的调理;但如果是必须做手术的病,还是西医管用。

在抗瘟疫方面,中、西各有特长,中药伤肝肾,西药也一样,特别是激素类药物。

言归正传，我想说的是，我们要复兴中国文化，要在现代科学技术上学习借鉴外来的文化，因为他们的确在科学技术多领域比我们发达，这是现实。这点日本比较成功，他们很好地传承了本民族传统文化，西化程度又很高。我不喜欢西化，我们可以提倡现代化。

将文化的根基筑牢固，才能不像浮萍随风飘摇。

母亲总是拼命保护孩子，抱紧不松手。

看报道，这次国家为了抗疫，花钱花大发了。

疫苗注射34亿剂次，每一剂200元人民币，就是6800亿元；还有三年的核酸、方舱医疗救治等。

其实，冷静下来，新冠病毒对全世界的医学来说都是从未见过的传染病，都需要有一个试验、治疗经验的积累。为了救命可以理解。问题是外国人也没这样疯抢，无论是辉瑞的疫苗，还是抗病毒药物。难道外国人不怕死吗？

中国文化中的淡定、随遇而安不见了，泰然处之、从容不迫的风格不见了。

我们反思，漏洞究竟在哪里？

母亲把孩子抱得太紧，管得太多、太细反而不利于成长。

放开不是不管。以守法为底线，让市民变公民。

你出于自愿选择，你可以选中医或者西医；你可以选择去方舱还是不去；你可以选择打国产疫苗或者外国疫苗。但是，你阳了必须居家7天，你不能自己阳了，再传给别人。用进口药或者疫苗须自费。你要承担你的选择，一切副作用自负。

把药品变成紧俏商品，所以抢购。进呗，国家把药商的税管好，并且要求承担法律责任及赔偿等事宜。

大包大揽太累，又不是计划经济。生命中不能承受之重，减重、减负。

美国耶鲁大学研究政治学和人类学40年的教授詹姆斯·C.斯科特的著作《国家的视角》从"那些试图改善人类状况的项目是如何失败的"入手分析。20世纪改变人类状况的大型项目为什么出现如此多的错误？各种失败：俄国的集体化，巴西利亚的建设，强制的坦桑尼亚乌贾玛村庄等，他认为这些失败教育了我们。

看后，我不禁感叹，向失败者致敬！

将连花清瘟与进口特效药之间的关系处理好了，或许就是解决疫情的"破冰者"。

2022年12月29日（冰月初七）北京龙潭湖

读唐诗《远别离》有感

远别离

唐·李白

远别离,古有皇英之二女,乃在洞庭之南,潇湘之浦。
海水直下万里深,谁人不言此离苦?
日惨惨兮云冥冥,猩猩啼烟兮鬼啸雨。
我纵言之将何补?
皇穹窃恐不照余之忠诚,雷凭凭兮欲吼怒。
尧舜当之亦禅禹。
君失臣兮龙为鱼,权归臣兮鼠变虎。
或云:尧幽囚,舜野死。
九嶷联绵皆相似,重瞳孤坟竟何是?
帝子泣兮绿云间,随风波兮去无还。
恸哭兮远望,见苍梧之深山。
苍梧山崩湘水绝,竹上之泪乃可灭。

诗仙李白先用了一个古老的传说:帝尧曾经将两个女儿(长曰娥皇、次曰女英)嫁给舜。舜南巡,死于苍梧之野。二妃溺于湘江,神游洞庭之渊,出入潇湘之浦。这个传说,使得潇湘洞庭一带似乎几千年来一直被悲剧气氛笼罩着,"远别离,古有皇英之二女,乃在洞庭之南,潇湘之浦。海水直下万里深,谁人不言此离苦?"一提到这些诗句,人们心理上都会被唤起一种凄迷的感受。

接着,承接上文渲染潇湘一带的景物:太阳惨淡无光,云天晦暗,猩猩在烟雨中啼叫,鬼魅在呼唤着风雨。但接以"我纵言之将何补"一句,却又让人感到不是单纯写景了。阴云蔽日,那"日惨惨兮云冥冥",不像是说皇帝昏聩、政局阴暗吗?"猩猩啼烟兮鬼啸雨",不正像大风暴到来之前的群魔乱舞吗?而对于这一切,一个连一官半职都没有的诗人,即使说了,又何补于事,有谁能听得进去呢?既然"日惨惨""云冥冥",那么朝廷又怎么能区分忠奸呢?所以诗人接着写道:我觉得皇天恐怕不能照察我的忠心,相反地,雷声阵阵,又响又密,好像正在对我发怒呢。这雷声显然是指朝廷上某些有权势的人的威吓,但与上面"日惨惨兮云冥冥,猩猩啼烟兮鬼啸雨"相呼应,又像是仍然在写潇湘洞庭一带风雨到来前的景象,使人不觉其确指现实。

"尧舜当之亦禅禹。君失臣兮龙为鱼,权归臣兮鼠变虎。"这段议论性很强,很像在追述造成别离的原因:奸邪当道,国运堪忧。君主用臣如果失当,大权旁落,就会像龙化为可怜的鱼类,而把权力窃取到手的野心家,则会像鼠一样变成吃人的猛虎。当此之际,就是尧亦得禅舜,舜亦得禅禹。

舜死了,不知道葬在哪里,"九嶷联绵皆相似"。而"舜野死",死在湖南九嶷山附近的荒郊野外。尧呢?"尧幽囚"。尧是被软禁的,舜是被流放的。

古代史书分野史、正史之说。

史学家们看重历史真实性，书写历史要考证、辨析。史学强调真实，文学则重视虚构和修饰。

一首好诗、好词叙述有文学性、有历史性、有哲思，这就是有人说的中国的文、史、哲不分家。

所以孔子才会说"文胜质则史"。

以诗为镜，以史为鉴，以哲明智，以博爱筑未来。

2023年1月5日小寒节气

北辙南辕

过年了，北京文化生活四射，有庙会，各种曲艺，京剧、昆曲、话剧、交响乐等演出布满京城各大剧院。

好久没听交响乐演奏了，我选了大年初一爱乐汇交响乐团的"拉德斯基交响音乐会"，在六部口的北京音乐厅。

第一开场曲是《春节序曲》，第二曲是《〈白毛女〉选段》，把小提琴拉成板胡了；后边是《红雁》，把大提琴生生拉出似像非像的马头琴声音。

我越听越难受，实在坐不住了，去取了一份简介，一看全场曲目，基本上都是应该用民乐演奏的中国歌曲，下半场有三首外国曲目，也没有拉德斯基曲目及著名的交响乐曲。

实在是忍受不了这种茅台和威士忌混在一起喝的味道，只好遗憾地等到中场休息退场。

前些年文化交流开放时，在国家大剧院、北京音乐厅、中山音乐堂听了国际交响乐团的音乐会，德国柏林交响乐团，维也纳爱乐乐团，纽约爱乐乐团，伦敦的交响乐团，看了外国的歌剧《歌剧院魅影》《猫》，等等。

听了原汁原味的西方交响乐和歌剧，西方艺术、宗教信仰的感觉铭刻在心。

这些年国内的交响乐团,无论是指挥还是演员都不错,为什么要用西方乐器演奏中国民乐或者歌曲,可能是为了迎合大众口味。担心没有观众欣赏,卖不出去票,没法养活乐团。

这种文化艺术杂交,西不西,中不中,我想搞西洋乐的指挥和演员更加难受。

我们是为了眼前利益,先解决吃饭问题,但还是要给观众不同艺术本来的样子,不去扭曲。

培养、教育观众懂得欣赏并尊重艺术。

近年来,各种曲艺都想创新,有些新编剧,进行混搭,为了吸引年轻观众,将戏曲剧糅进了歌舞剧,花里胡哨的服装,变成"杂剧"。为了"震撼",音响扩音超大,失去了曲目本身的传统艺术的价值和审美。

老胡同、老建筑拆没了,老戏曲传统千万别像拆胡同一样。

西洋乐也应该保持本身的艺术内涵,千万别混搭。

过年应该说过年的话,看着繁荣的文化市场,回归艺术本来的模样,千万别改得面目全非。

2023年1月22日(大年初一)龙潭湖

记忆

儿时，经常听老人教训孩子"你这个'记吃不记打''好了伤疤忘了疼'的货"，泛指各种犯错后又重犯的毛病。

当时听了也没当回事。

十多年前，我的一个警察朋友，曾经告诉我一个故事。他的朋友结婚后生了一个儿子，长得跟他老婆的前男友一模一样。为此，他这位朋友有了心病。但是老婆与前男友分手两年后，他俩才结婚的，无论从时间等细节都不可能。

我这位朋友是中国人民公安大学硕士研究生毕业，人非常聪明，好学，喜欢研究问题。我那时也办案，也喜欢分析问题。

他做了各种分析，最后告诉我说："妇女的子宫是有记忆的。"

我大为吃惊地瞬间让自己镇定下来道："一切皆有可能。胡适先生说过，大胆假设，小心求证。"

我佩服他思考问题的能力，看来不是那种头脑简单、四肢发达的人。

前几日，我"阳康"一个月，去医院拍了张胸部CT片，血氧饱和度忽高忽低，我有点不踏实。找到我国著名的呼吸科专家，他是留学德国的医学博士童教授,个子不高,戴一副白色眼镜,温文儒雅,是我喜欢的那类老知识分子的样子。

根据我的经验,一看便知他是真专家。我向他诉说:"我有点喘,您再看看我的胸片有没有问题?"

他说:"我先解决你第一个问题,是不是哮喘。"他边说边很专业地用酒精棉球擦拭听诊器的头部,在我后背听完后说:"没有锣鸣音,非常好,不是哮喘。你感觉是吸气困难还是出气?"

我说:"吸气。"

他微笑道,我再看看胸片。他娴熟地分别拿起我去年9月和今年1月的两次胸片,举起片子的动作很帅气。在阳光下对比两张片子后,认真地对我说:"放心吧!没有任何问题,你吸气短是精神紧张的原因,我上门诊经常遇见。"

我哈哈大笑:"我是神经症,都是被吓的。"我很有分寸,没敢说被谁吓的。

他也同我一起大笑道:"现在自媒体发达,所谓的各种专家多,想怎么说就怎么说。你患过新冠后,不只是体内抗体强,你的免疫细胞、淋巴细胞,全身细胞都会有记忆,除非病毒又变异了。"

他又提到"记忆",唤醒了我多年藏在心底之问,记忆到底是什么?

如果说记忆,"是人大脑对客观事物的信息进行编码、储存和提取的认知过程。也指存储信息的结构及其内容。包括识记、保持、回忆和再认识。"那么细胞的记忆又是怎么回事?

记忆有大有小,大到民族记忆、历史记忆、国家记忆,小到个人记忆、子宫记忆、细胞记忆，那么细菌、病毒有记忆吗？

记忆又有选择性记忆、常规性记忆、刺激性记忆、暂忘性记忆。

关于记忆可以做一个科研课题，跨学科研究。

我的记忆很实用，经常是选择性记忆，美好的，震撼感动我的人和事，我会永怀难忘。一个微笑，一个提示，一句话，一个善举，仿佛像穿过云层的一缕金色阳光，像蓝色天空中的一行大雁，像春雨后的清新空气，像一抹美丽夕阳下的红霞。反之，不好的，不愉快的人和事，我都选择忘记，且忘得越快越好。

又比如，去年12月，我被传染上奥密克戎病毒，但我从不这样说。我说："我阳康了！"

我国人口基数大，如果说，50%的人感染，大约也有七亿人，我们的医务人员为人类医学史做出了贡献。这将成为我们集体的记忆。

奥密克戎病毒经过去年底，集中一个月时间与这么多人斗争，人受伤害，它能不受伤吗？还跑得动吗？人的细胞有记忆，它应该也有记忆。

记忆不只是人类大脑的化学变化和活动，也是人类心理活动的记录。个人可以进行选择性记忆，但科学规律和历史规律是无法进行选择性记忆的。

记忆，你到底是什么？

2023年1月31日龙潭公园

兔年的第一轮黄月亮

好久不联系的叶老师突然给我发了一条微信，说他要在2月5日兔年的正月十五元宵节上电视直播，要讲王屋山的神话故事，题目是《送你兔年的第一轮圆月》。

前年，叶老师在做"玄玉文化的元宇宙"，现在他又在研究"神话元宇宙"，我颇为高兴，这倒提醒了我要过元宵节了。

我便去离家不远的稻香村小门店，买了黑芝麻和山楂汤圆。过节总是要有点仪式感。现在过年，似乎像一个名词，因为没有放鞭炮、礼花，总是觉得缺了点年味。

正月十五闹元宵，吃点元宵，猜灯谜，以示过节。

2月5日元宵节的早餐，我煮了汤圆，早上先吃，怕给忘了。黑芝麻汤圆有点儿甜，山楂味的还不错，一下吃了五六个。

我看看窗外，有太阳，我自言自语道："不错，今天能看到月亮了。"

恰巧，我的好友一个月前给了我北方昆剧院的戏码，我选了今晚梅兰芳大剧院小剧场上演的《墙头马上》，是观其复系列，复古派。他们告诉我，戏装、扮相全部是按照老照片制作的。

大约下午五点半的时候，我趴在窗子上一看，一个鹅黄的月亮悄悄地从东南方向跨过高楼，慢慢地升起。月亮是黄色的，它不像太阳，早上从东方升起时光芒万丈，那么耀眼。月亮静静地，慢慢地，像一颗圆硕的黄色宝石镶嵌在墨色的天空，颇有立体感。

又想着六点钟要看叶老师的直播，昆曲是七点钟开始，我便匆匆又吃了几个元宵，赶着往车上走。

在车上，六点钟打开直播，又扫微信，又下载APP，打开一看，两个主持人在介绍景区的一些景观。车开到梅兰芳大剧场门口，已经是差十分七点，叶老师还是没有出来，我只好在评论区写了"千呼万唤始出来"。过了五分钟还是没出来，我只好遗憾地关了手机走进剧场。

说来惭愧，我在北京生活近30年了，居然是第一次来到梅兰芳大剧院小剧场。每次开车路过，我都想着我一定要去这个剧院看戏，但是今天才实现。小剧场不大，基本是红色色调装饰，椅子也是红色的。我数了一下，大约有十排座位，一排也就15个座位，这个剧场也就能容纳近150个人。

我坐在第二排，小乐队已经坐在戏台一角。戏开始了，剧场特别安静，老戏、老服装，没有过多的舞台背景，没有很大的麦克风声音，没有闪烁的照耀灯，没有电光。这就是我要的原汁原味的老戏，越听越入迷，有了听戏的感觉。

昆曲《墙头马上》，来自白居易《井底引银瓶·止淫奔也》的诗句，诗曰："妾弄青梅凭短墙，君骑白马傍垂杨。墙头马上遥相顾，一见知君即断肠。知君断肠共君语，君指南山松柏树。感君松柏化为心，闇合双鬟逐君去处。"处处体现了思念爱慕之情。

元代白朴创作的杂剧《墙头马上》，则将诗句中男女情愫娓娓道来。

戏演得古装古韵,精湛的小民乐乐队,笛子、琵琶、三弦、二胡、笙、古筝,都是年轻人演奏的。

邵天帅扮李千金,王琛扮裴少俊,袁国良扮裴行俭,这三位角颇见功底。戏词、曲典雅,回到戏曲原有的样子,乐队演奏得也好,我不由自主地跟着戏入迷。

没有中场休息,大约一个半小时结束,我意犹未尽。

回家的路上我突然想起,今天没有拍黄月亮?我坚持走前门,看看黄月亮还在不在。如果把前门的箭楼和黄月亮拍到一块,那才是元宵节的味道。绕了一圈到前门箭楼,月亮已经在当空了,前门灯光四射,就差有"迪斯科"舞曲了。

我急忙回家,没有开灯,先走近客厅东面大落地窗的玻璃前,月亮已经很高很高,已经变成白色的月光照进了屋里。我望着高高的圆月,想念远方的安安、康康,他们一定没有吃汤圆或者元宵。过年吃饺子了吗?安安属兔,这是第一个本命年,穿红内衣、红袜子了吗?

想起安安三岁的时候,八月十五,我们去昌平区的一个大农场的朋友家过中秋节。吃罢晚饭,我出门散步,突然发现月亮特别大,月光如水银般洒满了大地,一片白霜。因为这里没有二层以上楼房,硕大的月亮,月光一泻千里,像从银河流下银白的瀑布。我赞叹初秋北京这么美的月亮和月光。

我急忙进屋把安安拉出来。女儿问我:"天黑了干什么?"

我说:"看月亮,看月亮!"

女儿嘟囔着:"安安,你姥姥发神经了。"

我惊喜地把安安拉出来，安安也惊讶地说："这么大的月亮！"

我说："安安，这就是姥姥教你的那首千古绝句唐诗，李白的'床前明月光，疑是地上霜。举头望明月，低头思故乡'。"

今晚安安还能想起昌平的大月亮吗？

不知看了多久，我眼睛看酸了，月亮越来越高，越来越远，透过我的窗户已经看不到了，只能看见白色的月光。

我只好回到卧室，亮了灯，洗漱完毕，拉窗帘时闻到屋子里囤积着白天阳光的味道，意兴阑珊。灭了灯，躺在床上翻来覆去，白色的月光从窗帘缝隙中挤进屋来。

那年的白月亮，迷人的白月光，今晚的黄月亮，还有背叛世俗的爱情，令人雅醉的昆曲，曲调、戏词，动人的琵琶、古筝、笙曲演奏，今晚怎能入眠。

2023年2月5日正月十五元宵节于龙潭湖

真情永远是文学的灵魂

我的第一部长篇小说《灰房子，红房子》完成后，我深深地舒了一口气，站在客厅东窗远望出去，我看见龙潭湖公园不远处的湖边，野鸭和鸳鸯飞来飞去，尽兴地游玩，活泼可爱。退休后，我一直想写一部长篇小说，了却自己年轻时的梦想，可是因为我的身体出现一些情况——患了心脏阵发性房颤，经常三天两头地犯房颤病。那感觉心要从胸腔跳出来，恐惧，心跳加快到每分钟160多次，我口服150毫克的"心律平"（普罗帕酮），静卧半天，才能缓过来。

2021年年底，当我写了一半的时候，我就放下来，没有信心，底气不足，不知道自己写得像不像小说。我开始停笔，大量阅读小说，阅读日本三岛由纪夫的《金阁寺》，阅读村上春树的《挪威的森林》，阅读2022年获诺贝尔文学奖的法国女作家安妮·埃尔诺的《悠悠岁月》，年轻作家黎紫书的《流俗地》等作品，我才发现小说没有一个统一的格式，各有各的写法。但是我没有学过文学专业，过去的二十多年没读过几本长篇小说，真的不知道长篇小说如何去写。我不懂得写作技巧，不懂得叙事和修饰的章法，但是我有一片真情。这真情就是我爱我的父母家人，我爱我的朋友，我爱曾经教授过我的老师，在我一生成长中遇上的贤达友人。他们的只语片言，或者是一句话，或者是一本书，或者是一个行为，都鼓励我坚强地前行。

2022年9月，在安贞医院周玉杰副院长的劝说下，我在安贞医院做了"心脏射频消融手术"，主刀医生是我国治疗房颤的著名专家马长生主任、教授。手术三个半小时，开始我以为是全麻，不知道疼痛手术就做完了。上手术台前马长生主任与我商量，咱们局麻如何？从大腿腹股沟静脉插三根管子进入心脏，插管时局麻。这样，手术过程中马长生主任可以与我沟通，他可以掌握电烫心脏的轻重，烫200个左右小点，有的我能忍住，有时像一个重锤打击心脏，我发出"疼"的声音。马长生主任从静脉加镇痛药，手术三个半小时结束，我们大家都舒了一口气。把我抬上手术推车上，周玉杰说："疼坏了，大粒的汗珠，脸色苍白，你真勇敢，一动也不动。"我说："哪敢动啊！别把心脏烫个洞。"大家都笑了。

我老老实实吃了两个月的抗凝药，手术很成功，结束了我房颤的痛苦折磨。这段时间我只是散步，读书。这次手术使我懂得人的生命韧性，如果人有信仰，的确能增添生命的力量。

退休后，生活单一，读书，散步，写作。文学成为我的信仰，余后的生命献身于文学。

写着写着我犹豫了，到底是不是小说？我把我写到一半的稿子用微信发给《十月》的韩进群主编，他看后诚恳鼓励我，并耐心指导："文学是从一到十，哲学是从十到一。"一句话打开了我的困顿，给了我信心和勇气。

2022年12月，我感染了奥密克戎病毒，"阳康"后又继续写作，当时经常失眠，我的心率是每分钟100次到110多次，或者心脏早搏，突然扑通一下。医生好友常嘱咐我，控制情绪，不能激动。创作有时忘我，这两个月每天写作五个小时左右，入戏了就忘了控制情绪和激动。为防止心脏乱跳，我强制自己每写一个小时就起身倒杯水，或者在窗前站一会儿，远望龙潭湖水，看看手机抖音视频，听歌曲，练瑜伽，去公园散步。

我不能喝咖啡等，怕心脏兴奋，所以我每天都是菊花茶、玫瑰茶，或者加一点枸杞子。一边喝着菊花茶，一边尽情地在继续坚持写作。不懂技巧，没有文采，有的只是真情。

那些人，那些事时刻让我想起，只有写出来或许才能放下。然而，把人生的经历、阅历，转化为文学作品是一次回眸，是自己与自己纠结的过程，也是一次创作。以前，我以为创作是脑力劳动，这次写长篇小说才体会到，创作也是一个体力活，损耗元气，我第一次感慨年轻真好。随着年龄的增长，我十分珍惜当下，争取多走走，多看看，多写点，来完成我年轻时的梦想，让梦想成真。

文学创作是一个细活，讲好一个故事，作品精彩，感人，好看。基于我的文字、语言功底，小说创作的技巧都有欠缺，我还须进一步下功夫，增强我的笔力。可以说《灰房子，红房子》是我长篇小说的练习之作。在写作过程中，我还是认真思考自己要写什么，能写什么，以及该写什么，特别是一个公务员的成长，分寸难以拿捏。

真实与真情的告白是这部作品的特点，稚嫩、简单、幼稚，无章法和技巧或许也是一种风格。

我想，真情永远是文学的灵魂。

2023年2月22日北京龙潭湖

今天是昨天的继续

朋友送来两本书，我国著名学者夫妇、北大教授汤一介与妻子乐黛云先生的新著，亲切又珍贵。

一本是汤先生的《哲学与人生》，用散文、随笔记录哲学思考；一本是乐先生的《探索人的生命世界》，我更加喜欢她高雅的文笔："我常常凝视着这一片沧蓝，心里想，这山后面是什么？母亲说，山后面还是山，那么山后面的后面呢？后来年龄稍长，我才领悟到，其实中国人心目中的山是没有尽头的，它象征着人的眼界和思想境界的不断提升。"

这一对让人崇敬羡慕的伉俪，厮守一生，牵手一生，默默在未名湖畔做着学问。

汤先生深情写道："未名湖畔的两只小鸟，是普普通通、飞不高也飞不远的一对。它们喜欢自由，却常常身陷牢笼；它们向往逍遥，却总有俗事缠身。现在，小鸟已变成老鸟，但它们依旧在绕湖同行，它们不过是两只小鸟。始终同行在未名湖畔，现在的这本小书，就是他们对小鸟生活经历、思想发展的真实文字记录，读者可以从中看到他们同行的身影与足迹。"

是啊，今天是昨天的继续，无论是爱情、学术还是历史。

2023年2月23日 龙潭湖

我在等春雨

春天来了，柳树发芽，桃花、杏花、玉兰花争相绽放。去年冬天没有下大雪，只有两场零星小雪。今年的春天也没有听到小雨嘀嗒在大地的声音。一天早上，小区里的车都是泥点，或许是细雨裹着沙尘的杰作。天气干燥，太阳照在粉色的桃花上闪出一道道白光，在干燥的春天盼雨等雨。

小区楼下的法国梧桐树依然枯槁。去年冬天小区修剪了树枝，把一些小、中粗的树枝全部砍光，砍树的时候，喜鹊窝也随之没了。

小区没有地下停车库，地上停的五颜六色的汽车，经常被喜鹊白花花的粪便所覆盖。喜鹊们非常喜欢这片法国小叶梧桐树，尽管砍了树枝，端了鸟的老窝，它们又在新三角树杈上搭起了自己的新窝。喜鹊的窝和燕子的窝是不一样的。燕子搭窝是用口水粘起来的，一般多在屋檐下。喜鹊搭窝是用一枝一枝从远方捡来的枝丫建起来的，但是它选址非常有几何原理，都是在三角形的树杈上搭窝，这样相对牢固。由于鹊巢所用的枝条粗大，有的刚能勉强衔起飞行，雌鹊体力似难以胜任，大多由雄鹊负责运输。巢主要由枯树枝构成，远看似一堆乱枝，实则较为精巧，近似球形，有顶盖，外层为枯树枝，间杂有杂草和泥土，内层为细的枝条和泥土，内垫有麻、纤维、草根、苔藓、兽毛和羽毛等柔软物质。看来，鸟类是世界最好的建筑师。

世界藏于野性，而每一棵树都像野性生出了强劲的枝丫。比起动物，人类大概更加复杂些，但其实并没有更加聪明。

天气干燥，再加上花粉过敏，眼睛痒，鼻子痒，嗓子痒。我多么渴望来一场春雨，滋润我干涸的心灵。下半天雨也好，小雨也好，干燥的嗓子都快冒烟了。或许天空也缺了云朵，缺了雨水，太阳白光光、干巴巴地照在高楼上，照在花朵上，到处都是刺眼的白光。

生活如同肉身，都在僵化，一个姿势久了，颈椎疼，腰椎疼。随着年龄的增长，到处都在长骨刺，颈椎有骨刺，腰椎有骨刺。不知道骨刺与骨质增生的区别。无所事事的姿态看上去臃肿而老迈，生命有太多的局限，太多的桎梏，思考是一种了不起的能力。或许我们都希望自己活着是一件有价值的事，然而，我们若有能力，为自己的生命创造出什么价值来，那价值本身也总是相对于某些人才会产生意义。倘若别人不是我们生命中重要的人，我何必在意他在不在乎我？人类不管因为天性还是出于需求，对所有的生命都应该充满慈悲和宽容。

春天怎么回事？腊梅开了，桃花开了，杏花开了，玉兰开了，就是没有春雨。我坐在阳台边，望着窗外，等着春雨。自立春以来，风多无雨，很少有蓝天，要么是阴霾天，要么是雾霾天，要么就是沙尘天，没有一场像样的春雨，今年的春雨来得怎么这么难？我期盼"小楼一夜听春雨"，我期盼雷声，也期盼雨声。

"好雨知时节，当春乃发生。"

春来了，雨不来，让人伤感。只有阳光没有雨水，万物如何生长？我只能在干燥的春天等春雨，想念安康。

2023年3月16日 龙潭湖

哭曹锡仁先生

中午,康太老师发来微信,说曹锡仁先生于今晨病逝,他还发来他写的挽词:"策论海南导论文化英俊潇洒追寻中国道路学界幸有曹公,烟品人生酒说天地侠骨义胆江湖天下朋友世间再无曹爷。赵康太敬挽。"

我不敢相信这是真的。我又发了一遍微信,曹老师怎么了?他认真地告诉我,曹老师今晨去世了。我才相信:"眼泪哗哗地流下来,一个多月前,我还与曹老师通微信,我的好友准备去海南,您能给他讲一讲海南发展的历史吗?"因为讲海南发展史,曹老师是最有资格的。曹老师说:"很抱歉,我现在已经靠呼吸机,不能出门了。"我一阵惊讶,我说您可要好好保重。他安慰我说,生命体征都很正常,没有问题,只是感觉到憋,要靠呼吸机维持。我还问曹老师若需要来北京做手术,我来联系,曹老师说不用了,得病的时候就没准备手术。我是两年前听康太老师说,曹老师得了肺癌,但是他没选择手术,选择中医治疗。这几年挺好的,我也没再多想。可是用了呼吸机,我还是有点紧张。

2021年年底,我与海南大学的几位老教授一起在三亚团聚,我就很遗憾,我说为什么曹老师没来?他们说曹老师病了,我才知道。我一直挂念着要专门去海口看望他，那次因为时间紧，我回到了北京。我一直打算2022年的冬天去海南，先飞海口去看望曹老师，可是2022年年底的疫情中我也阳了没能如愿去海南，我心里想今年去海南，先去海口看我的老师。

自从曹老师告诉我他上了呼吸机以后，我既想发微信，但又不知道说什么好，怕打扰到他，我就关注到他每天都在抖音上发一个赞。他特别关注婴幼儿童，生命的希望，看得出，在他生命最后的时刻，弥留之际，他渴望着生命的强盛，海南的发展，祖国的繁荣，我感受到了他对生命的热爱与尊重。

天知我心，我倚在窗台边，流着泪水，看着窗外。今天早上的北京还是蓝天，现在有点阴沉沉的，仿佛要下雨的样子。我脑海里反复出现曹老师那豁达爽朗的笑声。阴沉沉的天空把我带到了三十多年前的海南岛，海南大学，那里的天空蓝天白云。他经常带着康太、广林、三夕等老师，在海大南门边"铁矿楼"顶上，皓月当空，大约有四层楼高，吃花生、喝啤酒、聊天下，说海南的发展，有时在出了南校门外的街边吃一碗意面。

他是性情中的性情人，他有时候想老谋深算，其实他简单天真得可爱，他看上去狂傲不羁，其实他内直外方。他的感召力、组织力强，正是他的人格魅力影响着身边每一个人。

曹老师是从西安来到海南大学的。大约有35年了，他一心爱着海南，他心中想着海南的发展，海南的未来，他总是用一种西北汉子的情怀来探讨中国的道路，海南的未来。他一生家国情怀，风流倜傥，有西北汉子的侠肝义胆，那开怀大笑的声音仿佛跨越秦岭山脉在我耳边回荡。

我读在职中国哲学史研究生时，当时是双导师，海南大学是曹锡仁先生，南京大学是赖永海先生。虽然曹老师特别忙，忙于著书立说，忙于社会活动，没有给我们带过一堂课，但是他的所行所为深深地教育着我，感动着我。

曹老师著有《幻想与现实：中国道路》《社会现代化与观念的演进》《文化传统及其重建》《中西文化比较导论》《文化传统及其现代命运》《进步与缺憾》《"中国问题"论》等专著11部，主编教材1本，主编丛书1套（13本），常务副主编丛书一套（10卷、104本），发表学术论文100余篇，主持完成重大课题20余项。

曹老师注重研究政治学和哲学及社科领域，我不敢说先生学问如何，但是他做人的态度是当代知识分子少有的达观和豪迈。20世纪90年代初他举荐了许多优秀的年轻博士来到海南大学，他一直告诉我他在寻找同道人。前不久我推荐文章转给他，想让他打发病中的日子。他说，大多是有知识的浅薄之人。我说，您还是像年轻时那么傲慢，他又说了三十年前的那句话："我在寻找同道人。"我又问："找到了吗？"他说："没有。"

没有找到同道人，或许是先生一生的遗憾，没有在先生病中去看望他，成为我今生的遗憾。不过，您跨越琼州海峡的笑声和寻道的精神激励着我前行。

您在天堂放心，海南一定会越来越好！

曹老师，天堂没有病痛，一路走好！

2023年3月19日北京

淡淡的远山　静静的海

　　为了躲避京城的花粉、霾、沙尘天气，我断然下了决心，在大热天跑来海南的万宁。

　　早上起来匆匆和安、康通了视频电话，我便向首都机场驶去。我下定决心要离开京城时，太阳出来了。怕取行李耽误时间，我决定提着小行李箱，背了个旅行包出门。不用带很多的衣服，这里又是夏天。

　　飞机是中午12：40起飞，到首都机场11：10，还有一个小时的时间登机。去T3航站楼的二楼吃了碗红烧牛肉粉。黑乎乎的酱油汤，没有绿叶菜，热乎乎的，填饱胃，胃会舒服些。

　　上了飞机后，前后排都是年轻的父母带着一岁左右的小女孩。看着她们，不由得想起了安、康。这十几年来，每次出行都等到安、康放寒暑假，冬天是海南，夏天，就到处走走，总觉得孩子不出来，我个人出来旅游太奢侈了，又花时间又花钱，他俩在，总是乐趣无穷。

　　飞机起飞前，坐在我后排的年轻爸爸在给他的女儿讲飞行安全故事。小女孩可能看到了电视里的滑梯，拍着小手，喊叫着要去坐滑梯。他的爸爸很耐心，开始讲，说飞机掉在海里要穿救生圈，飞机有事故了要坐滑梯，怎么滑下去，飞机机舱内出问题了，氧气面罩如何掉落？我听得有点毛骨悚然，我心里想，大哥，你能不能给孩子说点吉利话？讲一些快乐的故事，比如说，孙悟空三打白骨精，哪吒的故事。飞机起飞时，非常颠簸，刚起飞不久就扑通起落了一下。机舱里的人不禁"啊！"了一声。我吓坏了，从来没有这样过。飞机降落时有过这感觉，很少在起飞时有这种感觉。广播里说因为有气流颠簸。我心想，北京今天没有刮大风，就二级风，怎么能有气流？有沙尘还可以理解。我猜想今天可能赶上一个年轻的飞行员，我只好安静下来，听着古典音乐，等到飞机飞平稳了以后，我拿出日本获诺贝尔文学奖的石黑一雄的小说《远山淡影》，听着我国古典音乐，唐曲、宋曲，读着小说，还蛮享受的。舷窗外成片的云朵，云海茫茫。距离产生美，如果人真的登上月球，没有色彩，没有声音，只有凹凸不平的灰色平面，只是辽阔也蛮瘆人的。月亮的美都是太阳光的反射。

飞机飞到桂林的上空，播音员声音有点紧张地说，接到机长通知，前面有15分钟的雷电区，请大家坐好，系好安全带。我有点紧张，因为我坐飞机只听说过有气流颠簸，还真没遇上过雷电区。我想入非非，想到电影里的飞机一般出事都是撞见了雷电区，在电闪雷鸣中飞行太可怕。心想都怪那个年轻的爸爸乌鸦嘴。又过了十多分钟，没有颠簸，我看着舷窗外阳光四射，厚厚的云朵，哪有什么雷电，还好机长预报不准确，我们很幸运。我又开始继续读我的小说。飞机过了桂林上空后，已经飞了三个多小时。飞机上又热又燥，我开始脱毛衣。我前后的小朋友都开始哭，女孩子声音特别尖，爸爸和妈妈换着哄，怎么也不行。我突然想起来，安安和康康小的时候，坐飞机每到起飞和降落，他们妈妈都会备好两个安抚奶嘴，安安奶嘴吃到三岁半。我坚持不让吃，我说你是个女孩子，嘴唇都吃翻了，长大多难看。

在我的记忆里，他们从来没有在飞机上哭闹过。飞机安稳地落地，手机刚打开，万宁神州半岛的师傅已在门口接我了，我感觉到很欣慰。坐了三个半小时的飞机，出机场后我又急忙从三亚往万宁赶，不巧到三亚的大毛隧道时，堵车6.6公里。我用了一个小时的时间才出三亚到陵水，现在看来，堵车是一个大城市或者旅游城市的标志。一路风景优美，绿色的山脉，被椰树包围，远远望去北边的山脉被淡淡的云雾缭绕，南边的天空有一片火烧云，远山装满了椰树和棕榈树，越看越美，真是养眼。人生存的基本条件，不外乎就是清新的空气、温暖的阳光和纯净的水，加上美好的心灵，这可能就是最美的氛围。

晚上七点半，我们终于走进了神州半岛。到了联华超市门口，我告诉师傅："麻烦您停下车，我下车去买点油盐酱醋葱姜蒜，再买点挂面、西红柿、鸡蛋。今晚上回家要吃挂面汤。"师傅很好，等了我十多分钟。我匆忙走进超市，很熟练地买好东西，又买了两盒速冻饺子和汤圆儿，以及明天早上的鲜牛奶，之后急忙回到泰悦居。

七年前，我来海南找房子的时候，当时三亚的房价太贵，清水湾、陵水湾、日月湾，我转了过来都觉得不是很理想，楼房太高。朋友开车带我驶入神州半岛，我说我进去看看，车子一直开到小区的最西端。这里有一个小岛，北纬18度，三面环海，后面有一座山，左边右边各有座山，南面一百米就是南中国海，不远处又是一个岛礁，看上去又是一座小山，这叫前有挡。这几栋花园洋房，仿佛坐在一个绿色山脉的大太师椅上，房子坐北朝南，六层的小板楼。我大约听朋友讲过，风水最好的地方就是后有靠，前有挡。也就是说前朱雀、后玄武、左青龙、右白虎。其实我并不懂，就是感觉天地、山海，人间少有的海景房。

销售员喜文告诉我，这片小区最早是泰国的一个老先生看中的，从天空看这里似一条海上的龙，这里是龙头。龙图腾是我们中国人的崇拜对象。这个小区是泰国人的设计，花园洋房，整个被参差不齐的鲜花和树木包裹着，又是三面环海，南面是南海，北面是内海老爷海。

我瞬间就喜欢上了这个地方，美中不足就是交通不便，我每次来这要坐三四个小时的飞机后，再坐一个半小时的汽车才能到达，坐高铁是半小时。但是家门口一百米就是海的海景房，坐在阳台上看海多么难得。当时买这么远的房，全家反对。现在谁都说好，女儿反复强调不许卖房。

现在想起来，人与人，人与自然都是缘分。

一年多没有来小岛，小岛变了，变了很多，有小吃一条街，有各种购物的小店铺。想起六年前我来这座岛上还是有点荒凉。挨着泰悦居的君悦酒店也开张了。

天天听大海的声音，纯自然的交响曲。可是刚到五年，电视机坏了，电表坏了，洗衣机坏了，空调也坏了，离海太近电器易腐蚀。

没有电视，还原自然生活，如果没有手机，我可能忍耐不了，陶渊明、梭罗是怎样过的？

我匆忙煮了几个速冻水饺，吃完饭洗完澡后，躺在床上听海涛声。昨晚在京城龙潭湖，看着月牙儿捧着金星，多么美，本想拍几张照片，可是灯光太强，就显得月亮没那么亮，拍出来不是很清楚。今晚我又跑到海上看，还有没有昨天的月亮。今晚只见月牙儿，没有见到金星，海上的月牙儿是一钩淡黄色弯月。

　　女儿发微信问我到万宁了吗？她还说她也想念神州半岛，看着弯弯的淡黄色少女弯眉似的月牙儿，枕着海浪，想着安、康如果要在我身边，多么美好，静静地入睡。

　　今晨，六点多钟被阳台上的小鸟唤醒，天还没有完全亮，大约七点，太阳从海上升起，我急忙拿着手机去灯塔，寻找海上冉冉升起的太阳。

　　这里是海边的佛系：淡淡的远山，静静的海。

2023年3月26日海南万宁泰悦居

海天一色

来到海岛，昏沉沉地睡了两天，似乎是"醉氧"。我又不是来自高原，北京的海拔也很低，就是觉得特别能睡。因为没有电视看，所以我晚上十点就可以入睡。

今天起来觉得天气不是很热，但是身上出汗。下午午睡后，去室外游泳池游泳。离家近的君悦酒店室外游泳池在维修，我只好坐电瓶车去喜来登酒店的室外游泳池，说是岛主打折，一次40块钱。我有两年多没有游泳了，看见水就高兴。天空有点阴，天气预报说今天有雷雨，我刚换好游泳衣，就开始嘀嗒小雨点。我问服务员，下雨了还能游吗？他说可以游，要响雷了就赶紧上来，打雷不可以游泳。我跳进泳池，感到非常亲切，水温暖而丝滑，放松我每一块肌肉和每一个细胞，特别是神经元。不一会儿，天上下起了雨，我抬头换气时看见水面上仿佛掉下白色的蚕豆，起了一个又一个的小水泡。好不容易游一次泳变成了海边淋浴，天公真是作美。雨越下越大，越下越急，我坚持游了30分钟，在换气的时候，我的头露出水面时，噼里啪啦的雨珠打在我的头上，我只好上岸待了几分钟，上面还是比下面凉。我又跳进水里，坚持游到50多分钟，还是上来了。

几年没有游泳，这次解除了我三年来的疲乏、三年来的紧张和三年来的恐惧。上岸洗了澡，身心无比轻松。天海一色，烟雨蒙蒙，我无比喜欢的雨带来了无比的喜悦，我宁可在雨里淋着，也不愿待在雾霾、沙尘的天气。雨又急又大，非常急促，但天空没有响雷，一阵急雨过后，天是阴的，海也灰蒙蒙的，两个礁岛之间的天空渐渐放亮。开电瓶车的小陈师傅说，岛上也快两个月没下过今天这么大的雨了。前两个月有过一点小雨，还是有些干旱。我开玩笑说是我带来了雨。他说下雨好，下完雨就凉快，空气更加的湿润。

　　回到家里，我在阳台上，看着面前的海，渐渐露出了那座岛礁，它仿佛一座小山。听说岛礁上有很多的海菜和海上的动植物，说坐船可以游玩，我一直没有去过，不知道岛礁上到底什么样。

　　这里的邻居大多回去了，因为天开始转热。昨天晚上在月光下的海边散步，碰见了邻居一位大姐，她主动上来跟我打招呼，问我从哪里来，她自己介绍说，她从陕西宝鸡眉县来的。她滔滔不绝地给我讲，她说有两个儿子特别争气，一个儿子在县上开一个4S修车店，还卖车，卖新车和二手车，日子过得特别好。她的大儿子和儿媳妇在北京当公务员，挣的都是死工资，所以弟弟让哥哥辞了公职，回去跟他一块儿开店。她以前有12亩土地种猕猴桃，儿子们心疼她，就租给别人。她跟孩子说给我留一亩，我自己种，自己吃，自己开心。她的小孩儿，在这里给她买了四套房子，她们家姐妹多，冬天都在这里住。

　　改革开放以来，无论是农村还是城市，凡是有胆有识的人，不安于现状的人，基本发家致富了。我很尊重也遵守法律，用自己勤劳的双手和大脑致富。我不知道如果我们重新写对各阶级的分析，应该怎么去写。毛主席写得最好的一篇调研报告是1925年12月1日首次发表的《中国社会各阶级的分析》，初步提出关于中国新民主主义革命的基本思想。我不知道我们现在对各阶层，无论是农村还是城市，如何去分析和定位，如何去分析谁是我们的朋友，谁是我们的敌人？近100年了有没有变化？有什么变化？为什么变化？本质是什么？

昨天收到了好友北大历史系教授欧阳哲生的新书《学缘与书缘》，欧阳哲生先生是当代的历史学家，曾有"辑成三书"：《学人的境界》《学缘与书缘》《海外访学录》。他现在的新著是"为学三书"，记录了自己的学术成长过程。我看了"自序"，非常感动，魏晋的风度，正像他的人一样，在写个人学术成长经历的时候写得非常佛系，从来不夸夸其谈、不孤傲。

今天上午我的老师，我国文献学研究专家张三夕先生发来他最新的一篇演讲，张三夕先生介绍了ChatGPT、Midjourny等人工智能工具的发展历程与强大功能，分享了"字节跳动"创始人张一鸣的工作理念，进而提出："面对ChatGPT的挑战，拒绝、否定、逃避等，都不是正确解决方案。"同时，介绍程千帆先生"精深命脉""溶于骨髓""反复涵润"的读书记诵之法，深入讨论个人如何避免被大数据集成或整合的命运。

张三夕先生就《周易》的研读方法及其与ChatGPT的关系指出，当代研究者应该对古典文化传统保持敬意，但在具体研究中，应将二者归为不同维度进行考虑，不可机械地比较。就AI生成作品的版权问题，他表示，随着案例的增加与立法的完善，将会更有针对性地判定、解决相关问题。还探讨了数字人文技术在古代文学研究中的具体应用、中西学术表达方式的区别，周易和ChatGPT的关系。他认为我们不能简单地对ChatGPT进行封锁、拒绝。

张三夕先生站位高，这让我大开眼界。我告诉他，我本人是反对的，我觉得ChatGPT的这种人工智能，过度开发会影响人类自身发展。

美国这些年发展速度惊人，但转基因食品自己不吃，卖给别国；人工智能超长开发，自废人类功能；到处拱火，南海也折腾得不太平。西方的强势，根子就是殖民统治思想在作祟，不听我的话，就导弹见，看谁厉害。这样下去，现代文明给人类带来什么？人类对世界最大的贡献是创造有序的社会，还是人工智能？

两年前，我们几个学界朋友相聚三亚，我问龚鹏程先生："南海本来就是我国海域，前些年他国占领了百分之七十多？"他说："拿着旧地图讲没用，查当时的税收交给哪个国家。"是啊！我们中国从没有殖民地，只有藩属国，每年纳贡，皇帝赏赐返回得更多。

源远流长的海上丝绸之路，把我们的香料、丝绸流行于世界，海上贸易世界交往，灌注了南海文明之花。为什么现在军舰虎视眈眈？

我漫步海边，岸边有被海浪推来的贝壳，安、康不在，我没有捡起，留给其他小朋友吧。

雨后，天气凉爽，远处海天一色。

2023年3月27日神州半岛泰悦居

海边漫步

每天早晚，我都会漫步在白色的沙滩上，看着大海，望着远方。人们常说蓝天碧海，其实我看到的海，即使天空是阴的，只要有太阳躲在云彩后面，只要有点阳光，海面就是碧绿色，或浅蓝色的。细沙像面粉那么细，踩在脚下非常的舒适，在海水细流冲击下，我的脚心会有一个小小的漩涡，感觉到细沙在脚下流淌。

昨晚偶然看到方方的散文《沿着瓦尔登湖漫步》，非常高兴，又看到了她的散文。我认为所有喜欢梭罗的人，大都是心地善良和单纯的人。

方方说："梭罗1845年7月4日正式住进瓦尔登湖畔他亲手建造的小屋，1847年9月6日离开。只两年的时间，为我们留下了《瓦尔登湖》这样充满灵性和智慧的书，令无数的我们在读罢书后，除了激动和感慨，还会想，原来人还可以活得这么诗意而神圣，活得这么朴素而清醒。"

美国作家我最喜欢两位，一位是写《老人与海》的海明威；另一位是写《瓦尔登湖》的梭罗，他对植物、动物、大自然有着丰富的挚爱和研究。当然，还是他的日记、散文对世界自然文学贡献大。梭罗是一位新教徒，追求着一种纯自然的人生，在"瓦尔登湖"实现了一个纯粹书生和清教徒的理想，像春天清晨的一颗绿叶上透明的露珠。

我喜欢梭罗的无为，也喜欢海明威的《老人与海》，它表现了美国式的有为。一位年老古巴渔夫，在海浪上拼搏，孤身奋斗，不只是为了钓一条大马林鱼，泰然自若地接受失败，沉着勇敢地面对死亡，这"硬汉子"体现了海明威的人生哲学和道德理想，即人类不向命运低头，永不服输的斗士精神和积极向上的乐观人生态度。这种奋斗精神，有为的追求，激励着很多年轻人。

中西文化的精神追求或许大同小异，表现方式或特性不同。

其实苏东坡在被贬到海南的三年中，学着陶渊明如何在孤寂中自处。

苏东坡曾评价陶渊明："欲仕则仕，不以求之为嫌；欲隐则隐，不以去之为高。饥则叩门而乞食；饱则鸡黍以迎客。"60岁的苏东坡，发现海南缺淡水，苦口婆心劝民农耕，凿泉挖井。在海口、儋州两地一直流传着与"东坡井"有关的故事，其中儋州的东坡井目前还保留在儋州东坡书院内。大量的荒地无人开垦，苏轼写下《和陶劝农六首》，劝导百姓积极从事农业生产。他还是美食家、养生学家，苏东坡在海南期间非常注意饮食对健康的影响。如他认为荠菜为"天然之珍"，能够利肝明目。

一个多么强大的心灵去战胜自己，在荒凉中，在忘我无我中重新找回自我，并且帮助他人造福。载酒问道，为海南培养出一批英才，在苏轼谪居海南之前，海南不仅没有出过进士，甚至连举人也未出过，正是苏轼的到来扭转了这一局面。

"采菊东篱下，悠然见南山。"是中国士大夫的思想境界和精神家园。

我现在的年龄，如果让我选择海上的奋斗，还是像梭罗躲到瓦尔登湖，建自己的小房子，与大自然融为一体，我还是更喜欢梭罗的生活方式，做一个隐士。有几个人能有苏东坡的豪迈，在那样的心境下再去造福他人。

人与人，人与自然，有时候有一种莫名的感觉。俗话说无风不起浪，还真有点道理，如果平时海上没有风，大海就像一个温柔的绸缎，微起涟漪。今天有五级风，海浪一浪推着一浪。我把裤腿卷起来，漫步在南海岸边，浪无法估计，一会儿大一会儿小，有时候猛地冲上来，我的裤子湿到膝盖以下，我只好不断把裤腿往上卷，裤腿还是都湿了。还是舍不得离开这柔软的沙滩，碧绿的海。我尽量眺望远方的海边，大海到底有多远？再远处整齐的一道横线，与天边连接，再远处就是天海融为一体，分不清是海还是天。

我不禁感叹，世上还会有苏东坡吗？

眺望蓝色大海，我想再望远，一定是南沙、西沙群岛。我不禁想起了30多年前的海南。35年前，我来到海南海口市。如果回一趟故乡宁夏，我得在秀英港坐船到湛江，坐大巴，再到广州火车站，到北京，再回到宁夏银川。每次回来，也是从宁夏银川坐火车到北京，再从北京倒火车到广州，再从广州坐24个小时大巴到湛江，再坐船渡过琼州海峡到秀英港，再回到海口。那时候因为经济紧张，坐不起飞机，所以每次回去一趟都需要一周的时间，坐大巴，坐汽车，坐火车。所以，每隔两三年，我才回一次家看望母亲。

每当我看着辽阔的大海，就想起了当年的一个人。有一次，我带着女儿丫丫从银川回海口，到广州坐上去湛江的大巴。在大巴上，旁边坐着一位西沙群岛的海军战士。他一路帮我哄丫丫，抱着她玩。下大巴车后，又坐摆渡过琼州海峡，丫丫可能晕船，我也有点晕，根本顾不上她。那位海军战士一路帮我抱着她，一直到秀英港口下船。他又抱着丫丫坐上公交车，一直把我送到家门口的楼下。我再三让他到我家喝杯茶水再走，他婉言拒绝，说还要坐车赶回西沙，必须在晚上八点前报到。听后我非常感动。从此我们再没见过面，他姓齐还是姓郭我都忘了，但是他的模样我至今还记得，他长得很像演员佟大为。

　　后来我在海南电视台的朋友们，他们有去西沙和南沙群岛做采访报道，坐直升机去，问我去不去，我是不敢坐直升机的，主要怕晕机。他们回来告诉我，岛上的海军特别辛苦，因为岛上没有淡水，淡水都是运过去的。有两次，我都想让我的记者朋友们去找一下这个姓齐或姓郭的海军战士，但是我又一想，名字都记不清，去哪找？茫茫大海，有无数这样的人物，他们总是为了别人活着，从来不算自己的个人账。我一直在想，现代社会的文明是把人改造成心地善良，无比纯洁，为了别人的一种高尚的价值取向，还是像西方国家的文化价值观念，与人首先讲利益，只讲金钱？使人追求过度的刺激和怪异变异，包括人的感情。现在又搞出来把硬邦邦的机器人当作自己的老婆或者是老公。我不知道这个世界未来将向何处发展。

2023年3月31日清晨泰悦居海边

海南文化之旅

两年前,我的在职研究生中国哲学史研究生导师,曹锡仁先生在朋友圈看到我写的海南的随笔,鼓励我说写得不错,并指导我应该去看文化古迹和一些古民居、村落。因为疫情,我没能成行,老师却永远离开了我们。这是曹老师第一次也是最后一次给我的指导和作业。

老师有多种教法,有的照本宣科地教你读书,有的教你读无字之书、讲道理,有的教你认识社会和改造社会。在曹老师眼里,我是一个文化基础差的学生,他从来没有送过我他的著作,也没有给我讲过中国哲学史,他的观点是他与几位老师在一起讨论问题时,我在旁边侧听的。世上最亲的是血缘关系,最难忘怀的是亦师亦友。在我二十多年的公务员生活中,忙忘了亲情和友情,只见过两次曹老师,一次是我来海口开会,我们三个同学还有闫老师和康泰老师;一次是曹老师去北京出差,让国华老师叫我还有另外两人一起吃饭。他对旁边的人说:"你们不要找她办事,不要难为她。"我当时很感动。后来,他来北京看病,我都不知道,当我知道老师上了呼吸机的时候,我发短信问:"曹老师,我能做点什么?"他说:"暂时还不需要。"没想到这是他给我上的最后一课:"人如何坚持你的追求，独立思考和前行。"没有在老师病中看望，成为我的遗憾。

万宁天气有些湿热，早晚凉快。我按照老师说的，开始做海南岛文化之旅攻略，画了地图。在地图上圈起来一个点，串成一条海南文化的珍珠项链。从海南东线向西线几乎绕岛一圈，开启了我寻找海南文化遗迹之旅，完成曹老师给我的第一次也是最后一次的作业。

蓝天碧海，海风吹着海浪，浪花一浪高过一浪，我又一次沐浴到了开放的春天。博鳌2023年世界经济论坛，好多世界500强企业来参加，马云、刘强东等民营企业家回国，开放的春风照亮了神州大地，未来的自贸岛，几代人的努力，三十多年来海南人及我国政治、社会、经济改革家们的梦想，还有两年将要实现，南海将开启中国又一个开放改革的春天。

"吃改革饭，走开放路"，落地有声。

一、寻找三亚新石器时代的贝丘遗址

清晨，海风拂面，我们租了一辆汽车，一天180元。先看贝丘遗址，贝丘遗址是新石器时代沿海居民的遗存。资料载，英墩遗址面积达1.5万平方米，处于海棠湾沿岸沙堤的南端，东临大海，西濒铁炉港，铁炉港以西、以南有丘陵屏障，可以躲避海风，非常适合古人生活，很可能破解海南先民与"南岛语族"关系，太吸引人。

百度查找三亚海棠湾英墩遗址，陵水还有一个贝丘遗址。导航系统没有，我们只好先找村子。从万宁神州半岛出发，上东线的环岛高速，途经石梅湾、日月湾，过310米长的牛岭隧道，就是热带和亚热带的分界线。又经香水湾，路过红角岭，过清水湾到达陵水新村镇附近，我们先找陵水的贝丘遗址。一路走来，海南不止海阔、山美、海美，地名也很美。

海南建省时规定高速不设收费站，这些年海南的基础设施也修得很好，马路平整还防噪。海岛的天气瞬息变化万千，我昨天做攻略时查三亚是晴天，出来却绵绵小雨下个不停。

在百度地图上，我们首先搜到的是陵水有一个贝丘遗址，说是在新村镇。我们走在新村镇的小路上，相遇几辆校车，感到非常惊奇。找了两个多小时也没有找到，问谁都不知道。我决定还是去找三亚的贝丘遗址。

我们又绕上了高速公路，到了三亚，在百度导航上查找还是没有。百度上介绍是在三亚海棠区英墩遗址，我们又开始找英墩路，问了一路的人都不知道。我们又查百度，百度上说离江林村1.5公里。于是我们又找江林村村委会，百度导航导过去竟是一片废墟。我说只好找警察叔叔了。我在导航上搜到海棠区林旺派出所，又走了5公里，找到了林旺派出所，但警察也不知道英墩遗址的具体位置。

我失望沮丧地又开始继续找江林村的村委会。找文化遗址太难了，可能找麦当劳、咖啡店、网吧会很容易。我看见人就问，终于七拐八问地找到了江林村村委会，服务大厅有一位20多岁的小姑娘在上班，她说她也不知道，但是她很热情地帮我找了一个年轻村民，他骑着摩托车，嘴里嚼着槟榔，牙齿是紫色的。他说后海边有一个"国寿嘉园小区"，旁边围着一块有贝壳的地就是。听起来与我了解的相似，终于问到一个知道的人。遗址离村委会大约有两公里，我们开车去，但仍然不是。有人说在后海村，我们又到了蜈支洲岛的后海村，找了大半天还是没有找到，没有一个人知道英墩遗址在哪里，导航上没有，路牌也没有。已经是下午5点多了，我无奈地放弃一天的寻找，开始往红塘湾赶去，远处的苍山云雾缭绕。

　　三亚三面环山，看着苍绿的远山，我心中有点淡淡的失落，海南还是不是30年前的"文化沙漠"？这里还是有很大变化的，各种色彩的房子，别墅，游艇，还有直升机在天上载人观光，海上有各种游乐设施，或许是现代旅游娱乐的发展比较快。我多么希望海南在发展的道路上，不要忘记对海南文化以及南海文化、文物、古代遗迹的保护、传承和利用。比如，将贝丘遗址中六千年前海上居民的一些遗存，有贝壳的建筑等，建一个简单的小博物馆。如何做好海南文化寻根、海上丝绸之路的展示工作，外国人是来看我们的不同文化，所以我盼望海南在发展的路上，千万别丢失了海南文化根性的研究和发展。

　　今天没找到，下次做好功课我还会来找。同时也抛砖引玉，希望专家学者及文化文物工作者们共同研究保护海南古代文化遗迹。

2023年3月31日晚三亚红塘湾

二、水南村

　　距红塘湾约19公里的水南村是海南著名的古文化村落，因地处海南第四大河流宁远河下游之南而得名。历史上许多名人都与之有联系，元朝女纺织革新家黄道婆曾来此学艺，唐代著名高僧鉴真大师也曾在此居住了一年多。从唐代起，不少朝臣名仕因被奸臣陷害流放到崖州而居住于此，如唐朝李德裕，宋朝赵鼎、卢多逊、胡铨等，因而这里又有"幽人处士家"之称。卢多逊曾赋诗赞美水南村："珠崖风景水南村，山下人家林下门。鹦鹉巢时椰结子，鹧鸪啼处竹生孙。渔盐家给无虚市，禾黍年登有酒尊。远客杖藜来往熟，却疑身世在桃源。"胡铨在此居住10年，回衡阳前，写下横匾"盛德堂"。因此，水南村被誉为海南四大文化古村之一。

水南村是有2000多年历史的文化名村，水南村的历史地位可以说是古代崖州代称，以历史名臣谪居在此而久负盛名。从隋至元，水南村分别是临振郡、宁远县、振州、珠崖军、布政司公署等封建政权的所在地，是古代崖州的经济文化中心。从唐宋两代起，被贬到水南村的名相大臣有十多人，如北宋宰相卢多逊、丁谓、赵鼎，翰林院编修胡铨等，元代宰相王仕熙，还有唐代高僧鉴真和尚，宋代诗僧惠洪，宋末元初的女纺织家黄道婆等，这些历史名人共同给水南村传播了中原文化和先进的生产技术，促进了水南村的经济发展。自古以来，水南村不断接受外来文化并继承和发展。从宋代至清末，水南村有贡生33人，进士2人——"岭南巨儒"钟芳和钟允谦父子。

明朝是古代水南村的鼎盛时期，经济发展迅速，也促进了文化的大发展，以盛德堂为中心的道德风范等儒家文化着实令人敬仰，影响深远。

由于水南村特殊的"流放文化"，至今水南村中的大家族如裴、卢、黎、慕容，他们都是被贬名臣、学士或名家的后代。因他们的先人来自不同地方，所以民居建筑风格多样。

其实"逸士"也未必逊于"学士"。在古代社会，有的士人为了保持人格尊严或保存一片心灵的净土，于经世致用的正途外，选择另一种生活方式：悠游林下，寄情烟霞泉石，以诗酒翰墨自娱，是为隐逸之士。当然，隐逸也有品类不一之分。士大夫以清高相推许，故作飘逸放达之态，实则对宦海中的浮沉荣辱耿耿于怀。有的士人生不逢时，于乱世之际为避祸保身计，不得已暂时隐之，以退为进。也有不愿为五斗米折腰，"守拙归园田"的五柳先生，则无疑真隐者也。

宁远河入海口的大疍港作为琼南天然港湾，是古代海上丝绸之路的重要港口。

海上丝绸之路，初形成在秦汉时期或之前，最早载于《汉书·地理志》。它是东西方海上交流的古通道，是一张基于经济贸易的"网"，构建起亚欧大陆从东至西的交往体系。海南在不同层面建立起与外界密切地联系与交流。

今天我赶到崖州古城的"崖州学宫"，里面供奉的是孔子和孟子，并立了许多儒家学士的牌位。碰巧的是，我偶遇了北京来的一位负责文化宣传的副部长，还好这位副部长很低调，没带几个人，而且也没有清场。

学宫里有几位老人弹扬琴、拉二胡、吹笛子和阮，有两个人演唱崖州地区的小曲，还有一些小学生穿着汉服演唱祭孔曲，小广场上还有一些人在跳竹竿舞。我和十几位没有被清场的群众在一边看，维持秩序的民警态度也不错。管宣传文化的副部长来了，一定有三亚市管文化宣传的同志陪同。

我身边有一个穿白衬衫、蓝裤子的年轻人，看上去很像科长。我便跟他说："我给你们一个建议，能不能为海南文化遗址做些路牌标志？比如给文化遗址、古建筑、古民居做一个标志，或者做个路牌。我昨天在百度上找了一天也没找到英墩遗址、贝丘遗址。"

这位年轻干部非常好，他告诉我说："我也不知道，但是你说的这个地方，我现在就让他们给你查。"我说："好，太感谢了。"他说："你方便加我一个微信吗？我查完了就告诉你。"我说："太好了！"我加了他的微信，不过十分钟他就给我发来了准确的位置，还是怪自己没有多查几种地图。如果海南多一些这样的年轻人，会发展得更快更好。公务人员，也就是政府的管理人员，决定了一个地区的发展速度和质量，以及城市的管理水平。我庆幸今天遇上了这么一个有责任心、服务心强的公务员，如果是昨天遇到的话我就不会白跑了一天。其实我就在找的那个英墩大道上，就差几百米，就是没有找到，如果路边有一个小路牌就好了。

穿汉服唱曲的小朋友，还有表演崖州地方小曲的老人们，跳竹竿舞的年轻男女，表演完后，他们换好衣服，各自离开了。

最令我欣慰的是有一位女老师带着两名八岁二年级的小朋友当解说员志愿者，他们从小热爱中国文化，崖州古城文化传承的香火没断。

水南村崖州古城给我带来满满的欢喜，2000多年古城的遗风遗俗，因为时间关系，我不能长时间细品，只好走马观花，感受一下古城的韵味。

崖城边上是宁远河畔的水南村，这是若干朝廷大员被贬后的住地，对"流放文化"的专项研究可以做一篇大文章或者写一本书，其实他们均是国家的忠烈之士！在荒野之地开启新的人生，带来文化，造福一方。这就是中国士大夫的家国情怀。

2023年4月1日晚东方市昌江霸王岭雅加酒店

三、皇帝洞、钱铁洞

离开水南村，从崖州古城出来，我们又急忙往东方市昌江黎族自治县赶去，开车198公里去看皇帝洞和钱铁洞。曹老师说："昌江的钱铁洞和皇帝洞，是文明人出现之前，亦即海南岛和大陆没有分离之前的古人类生息之地。"

一路上绿色的山和丘陵，大片的空地。我看到东部这边还是有很大的开发余地，走在路上发现了金昌金矿。随着绿色环绕的盘山路，我们进入了热带雨林——霸王岭。岭上有各种树木和鲜花，我们还路过了沉香苗木基地。马路两边有各种各样的不认识的树木。具有原始、天然、自然的这里，没有房屋、别墅等建筑，一派热带原始雨林的风情。我被秀美的霸王岭所吸引，苍绿的山峰，各种奇异的树木和鲜花，修得非常舒适的柏油小路。我临时决定今天就住在霸王岭雅加度假会议中心，打开旅行软件订房，价格也非常合适，一个标间一天318元，现在旅行真是方便。

过了十里画廊，我看见了一条标语，"木棉花开时，我在黎花里，等风又等你。"写得真好！

皇帝洞位于昌江县王下乡（今七叉镇）牙迫村东南，地处昌化江支流南浇河与洪水河交汇处南岸，洞穴由西向东延伸，洞口朝西北，洞口高20米，宽20米；洞穴高约30米，宽20～30米，进深约110米，面积约5700平方米，可容纳上万人。资料显示，皇席洞距今约有6540年的历史，属新石器时代至青铜时代的洞穴遗址。文物工作者在洞内发现了古代遗物，有新石器时代的石刀、单肩石斧、双肩石锛等，以及青铜时代的泥质红陶樽、瓮、罐和青铜器残片等，陶器纹饰有米字纹、雷纹、网格纹、绳纹等。

我爬了几十级石台阶，进洞后惊叹不已，不知道这是海水、地震天然形成还是海上先民创造的。走进去还有一个"天窗"，是一个小洞，能让阳光照进来。各种化石形成动物形象，有的像牛，有的像恐龙。洞口处有许多后人供放的垒成三角形的小石块，祭奠海上先民。为什么叫"皇帝洞"这里没有介绍，如果能多一些介绍或传说也好。

　　我怀着惊奇的心情，缓缓走出洞口，虽然已经很累，还是坚持又去找"钱铁洞"。导航软件上没有，我只好先找到钱铁村，一问村民就知道了，他们还热情地指路。

　　资料说，钱铁洞位于昌江黎族自治县王下乡，钱铁村旁钱铁山半山腰，洞口向东，高约12米，宽约20米，深约60米。洞分上、下两洞，是旧石器时代晚期古人类生活的遗址。遗址于1998年发现了大量螺类动物壳，被认为是洞穴螺类动物的遗址。

　　在绿色山脉下的田野中，有一座小山丘，上、下有两个洞穴，我坚持爬上去，明显看出这里与皇帝洞的不同，年代晚些。这个洞穴中没有钟乳石，适合住人。

　　海南岛这座美丽的海岛，其深厚的历史文化底蕴让我感动。我不是考古和文化学者，匆匆而行，只能匆忙记录点滴的美好和感受。怕回去再忘了写这感动，只好白天看，晚上记着难忘的感动和美好。

2023年4月1日凌晨昌江霸王岭

四、白查村黎族船形屋

　　早上被窗外的鸟儿唤醒，我们开始向东方市白沙黎族自治县的方向赶去，47公里山路，寻找黎族最后一个古部落船形屋。在路上，我看到了一个雄伟壮观的水库，路牌上写着"东方大广坝水库"。

椰林掩映，紫色、黄色的三角梅铺满马路两边，白查村一排排茅草覆顶的低矮房屋，如一艘艘倒扣的船，船形屋是黎族最古老的民居，凝聚了黎族的建筑智慧。

白查村船形屋外形像船篷，屋形狭长，无窗户，一般两侧开门，屋顶上铺着厚厚长长的茅草。"船形屋用藤条、树枝、木棍扎制屋架，用草泥糊墙，茅草覆顶"。

我一直想了解海南黎族来自哪里。黎族族源是个十分复杂的问题。我国文献记载、语言学、考古学、民族学等方面的材料，多数认为，黎族是古越族的一支。古越人在生活上、习俗上的主要特点是：断发文身，契臂为盟，居干栏，多食海产，善使舟船及水战，善铸铜器等。直到20世纪50年代初，有些黎族人还完整地保留着这种习俗。

自东汉以后，骆越一带居民名称有较大变化。《后汉书·南蛮列传》载："建武十二年（36），九真徼外蛮里张游，率种人慕化内属，封为归汉里君。"李贤注曰："里，蛮之别号，今呼为俚人。"这是关于俚人或里人最早的文献记载。从里人（俚人）居于九真徼外观之，应属西汉骆越遗裔。其土著居民自东汉至南北朝，皆称为俚人或俚子。这一地区，西汉以前为骆越地带，不是因居民迁徙变化，而是因为东汉以后已由骆越改称俚。

海南岛在西汉以前为骆越的一部分，而东汉以后，骆越故地土著改称俚，海南岛又为俚人的一部分，后来再改称为黎。

黎族服饰主要由海岛棉、麻、木棉、树皮纤维等原料制成。女装是用精致的花纹织绣而成，双排扣衫由平纹梭织面料缝制而成，经过刺绣加工，裙子多为绣花。我最喜欢女裙，也就是筒裙，通常由裙头（松紧带）、裙腰、裙身、裙尾缝制而成，再加上编织和刺绣，所以裙子上有很多复杂的图案。有些裙子为了突出图案，沿织边加绣，做工非常精致。黎族的银饰有四大类：面饰、胸饰、腰饰及手足饰品，特别考究。

　　黎族是一个能歌善舞的民族。黎族的舞蹈有反映祭祀祖先和祈求平安的舞蹈，如《跳娘舞》《跳鬼舞》《老古舞》《平安舞》等。这类舞蹈的产生主要是因为在远古时代，"伏居深山，质直犷悍"的黎族先民们，幻想通过舞蹈起到巫术和祈求的作用，实现某种目的。

　　现在已经很少看到黎族的音乐歌舞了。地方文化的发展应加强地方戏曲及少数民族的文化特色，如果大家都去跳芭蕾舞，就会丢失了民族特色。

　　看完了白查村原始的黎族船形屋，中午，灰蒙蒙的天空挂着灰蒙蒙的太阳，从灰蒙蒙天空洒下来灰蒙蒙的阳光，雾气腾腾。为了赶时间，中午在车上吃了些，枇杷、苹果、橙子和苏打饼干。我们又匆忙往儋州东坡书院赶去，路程是135公里。

2023年4月2日 于儋州

五、东坡书院、桄榔庵

　　1097年（北宋绍圣四年）至1100年，苏东坡谪居海南三年，身处逆境仍对生活有着无比的热爱和追求，其处世态度和精神境界深深吸引并教育着后人。

苏东坡被贬到海南儋州后，当时朝廷规定三不准："不许住官房，不许吃官饭，不许批官文。"苏东坡来儋州没地方住，当地老百姓在桄榔林中给他盖了三间茅草屋，东坡自称"桄榔庵"，现只有遗址，还好有路标。

东坡书院环境雅致，树木葱茏，鸟语啁啾，一条小河从院门前静静地流过；院内建筑整齐古朴典雅，具有浓郁的民族风格。走进东坡书院，仿佛看到苏东坡先生率真的性格和谦卑的品行。他不只是诗词书画大家，他更了不起的是人生态度和境界。无论被贬到黄州、惠州还是儋州，都没能打垮他的精神，这就是中国士大夫特有的精神信仰和家国情怀。他上得了厅堂，下得了厨房。他做到一品官，礼部尚书；也能经得住被流放到当时荒芜的天涯海角。他不只写出了不朽的文学作品《念奴娇·赤壁怀古》《水调歌头·明月几时有》《寒食贴》等，流传千古；他还能及时调整心态，换一种方式造福当地百姓。

苏东坡被贬的生活完全融入民间。在人民中吸取营养，修炼自我，在荒野中顽强求生，练就豪迈的情怀。从狗仔花的故事看他如何自省，不断完善自我人格魅力。

狗仔花是一种很特别的花卉，这种花不但名贵稀少，而且开得也奇妙。

相传王安石曾写过这么两句诗："明月当空叫，五犬卧花心。"苏东坡看见了，认为写得不符合现实，明月只有照，哪能叫？狗只能卧在花荫，哪能卧在花心？于是便给改成了"明月当空照，五犬卧花荫"。后来苏东坡被贬儋州，在载酒堂亲眼看到了狗仔花，并且见到了在皓月当空的夜晚凌空而叫的明月鸟（一种山麻雀），这才恍然大悟，自己当年原来是错改了王安石的诗。"狗仔花"也因这段轶事而名扬天下。

狗仔花开花的时候，绽开的花瓣内有5个小花蕊，形似5只小犬头顶头卧坐一团，头、身、尾俱全，因此叫作"狗仔花"。通过狗仔花来反省自己，勇于自我纠正，自我修行，不是每一个常人都能做到的。

与普通百姓在一起生活，苏东坡无须言语谨慎，完全自由，可以真性情示人。他几乎每天都有客人，若是哪天没人来，他就出去找邻居闲聊。那些无知的农夫震惊于他的学识渊博不知说什么，他就让人家聊鬼，或讲一些听到的事情。

有一天，苏东坡头上顶个西瓜，在田里边走边唱，一个70多岁的老太婆问他："翰林大人，你过去在朝当大官，现在想来，是不是一场春梦？"此后，苏东坡就称她为"春梦婆"。在儋州有许多春梦婆的传说。相传，一天苏东坡路遇春梦婆，见她头发凌乱，口嚼槟榔，牙齿紫色，便和她逗趣："云鬓蓬松两腕粗，手携饭槛去寻夫。"春梦婆不假思索，随口答道："是非只为多开口，记得朝廷贬你无？"春梦婆不甘示弱，说他被贬是因为口无遮拦，乱讲话。苏东坡大惊，没想到普通阿婆却讲出为政的重要道理，他赶紧赔不是。

有一次，苏东坡在朋友家遇到下雨，就借那家的斗笠蓑衣木屐，在路上被溅到泥水狼狈而归，邻人见了大笑，狗见了狂叫。笠屐已成为苏东坡在海南的民间形象，历代画家都有以东坡笠屐图为题材的创作。空闲无事时，他养成到乡野采药的习惯，并考订药的种类，写了许多医学笔记，还时常给人看病。

苏东坡紧贴红土地，吃荔枝也能写出《食荔枝》："罗浮山下四时春，卢橘杨梅次第新。日啖荔枝三百颗，不辞长作岭南人。"

在海边吃海鲜也写成诗文："海鲜须到鱼排吃，南澳鱼排正相宜。飞艇载人锅里去，网箱渔获海中炊。石斑鲈鲍清蒸筷，螃蟹螺虾白灼匙。左右无其烦扰攘，凉风阵阵耳边吹。"千年前的苏轼就说了吃新鲜的海鲜要去鱼排吃，石斑鱼、鲈鱼、鲍鱼清蒸好吃。被贬被冤的他，硬把苦日子过得如诗一般。苏东坡的人生态度和情怀让人敬佩。

苏东坡还制香，通过静坐闻香，求得内心的清闲与平宁。苏东坡制香所用的香材，无论名贵与否，事香唯求安闲。后人以为他常闻沉檀龙麝，其实不然，柏子、芸草等普通香材常出现在他的诗词中，"铜炉烧柏子，石鼎煮山药"。中医文献说柏子香能清热解毒、净化空气。从他的一些描写柏子香的诗词中可看出，这类制香方法简单，柏子先脱水晾干，再储存于瓷罐。他的《沉香山子赋》，一开篇也提及芸草等各类香草，"古者以芸为香，以兰为芬，以郁鬯为祼，以脂萧为焚，以椒为涂，以蕙为薰"。其中芸草尤为他所喜爱，这是一种草本植物，常用于书房。芸草能避蠹虫，藏书者常用芸草入书页内，书房遂雅称芸斋。

冠绝千古的苏东坡，哲思成果独树一帜，文学成就辉煌壮观，艺术建树卓尔不凡。不仅如此，苏东坡也是我国历史上著名的合香大家。东坡书院展示"东坡闻思香""雪中春信香"，这是苏东坡合香的重要作品，香韵殊胜冠绝，韵深意长。他惜香、爱香、咏香，既是生活的，也是典雅的，还是审美的。依据《史记》片段，还原千年前东坡先生合香、品香、咏香遗存，"东坡闻思香"，传承我国源源不断的"香"文化。

在海南岛流放的三年中，苏东坡没有放弃自我，他写了200多首诗词，培养了海南第一个进士，传播中原文化和孔子文化，办学堂、盖书院。

宋、元、明、清，海南共出举人767人、进士97人，足见东坡先生教化影响之深远。海南人一直把苏东坡视为海南文化启蒙的重要功臣。《琼台纪实史》记载："宋苏文忠公之谪居儋耳，讲学明道，教化日兴，琼州人文之盛，实自公启之。"他自己却住在老百姓给建的三间茅草屋。苏东坡临别海南时发自肺腑地感言，"我本儋耳人，寄宿在蜀州"。他本是四川人，却说自己是儋州人，可见他对海南岛的深情厚谊。

苏东坡不只是文学的神人，更是精神的贵族。在三次被贬后，他没有自我毁灭，没有人格摧毁，没有精神萎靡。62岁重新开启新生活，造福于民。在苏东坡先生及十几位古代被贬官员的身上，我看到了中华民族的一种强大的内在精神和信仰，忠义、包容、顽强的民族性格，我看到了中华民族和中国士大夫的精神。在东坡精神的感动下，我写打油小诗一首："今朝赴儋州，子瞻德千秋。明月照赤壁，桄榔伟绩留。"我怀着顶礼膜拜的崇敬心情，仰慕这位伟大的先贤。东坡先生在儋州中和镇桄榔庵的旧址虽已不存在，但苏东坡的伟大灵魂长存。就像海南人民所说："东坡不幸，海南幸。"

历史的天空群星璀璨，中华文明的顽强性、渗透性、包容性及强调内修的伟大谦卑，无数先贤用精神魅力，跨越艰难险阻，使我们的文明根深叶茂。小小的桃榔庵留在历史长河之中，正是因为这里有过苏东坡。

2023年4月7日神州半岛泰悦居

六、龙泉镇唐代火山石水利工程

清晨，我们开往海口龙桥镇的龙桥火山石水利工程，按照曹老师说是唐朝宰相韦执谊被贬到崖州时修建的。我们距离海口龙桥镇137公里。在路上，我看到了站牌洋浦，想起了30多年前，海南改革开放，第一个开放的地方就是洋浦港。当时洋浦港好像是要租给或者承包给日本"熊谷组"，争议很大，有的人觉得是我们在搞新的租界；有的人认为我们改革开放，必须引进外资和国外先进的科学技术。洋浦当时就是一片荒地，仙人掌长得快有一人高，以后也没有建成，荒废了几十年。

通过这次走马观花的实地考察，我们得知海南岛不是文化沙漠。海南有四大块文化值得我们深入挖掘和研究。第一，海上丝绸之路，海上通商、通贸，制香卖香，还有丝绸；第二，儒教、佛教、伊斯兰教在南海的交融，形成南海文明的萌芽状态；第三，"流放的文化"，唐朝有十多名官员流放到海南，他们给海南带来了中原文化，带来了农耕技术，带来了思想和学术，创建书院，发展教育，培养了进士等，传播了儒家文化；第四，新石器、旧石器时代的南海文明，例如，三亚英墩贝丘遗址，皇帝洞和钱铁洞。这里有海上先民居住的痕迹，皇帝洞证明了海南和大陆没有分离以前的现状。

曹老师说:"海口龙桥的火山石水利工程,是唐末宰相韦执谊被贬琼州后带领百姓按都江堰的原理打造的,人们沿用至今。"我一直在找,找到龙桥村镇,问了几个人都不知道。我又查地图找韦执谊的墓地。我们走上林荫小道,路的两边都是菠萝蜜。我们又开了十几公里。先是找到韦执谊的纪念馆,红墙黄瓦。进去以后我一问,管理纪念馆的人是韦氏家族第41代传人韦昌先,他给我讲解了唐末期的宰相韦执谊如何被贬到崖州,在这里盖学堂,传播孔子文化,教农民种地。他最大的成绩是在火山岩石上修建了水利工程,很像都江堰。他讲述了唐永贞元年(805),顺宗被迫内禅给宪宗后,发生著名的"二王八司马"事件,宰相韦执谊作为改革核心人物被贬为崖州司户参军,最后落籍并卒葬于今海口市龙泉镇。

我又前往韦执谊的墓地祭奠,深深鞠躬表示敬意。墓地保存完好,是韦氏后代看管。我想他为民造福,留下千秋功业,就是修建了这个火山石水利工程,该工程主要用于农田灌溉,造福于民。

我们开车行驶在乡间的无名小路上,非常窄,如果对面再来一辆车都无法会车。还好这一路上没见人,也没见鸡狗牛猪之类的动物。沿着蜿蜒崎岖的小路,两边绿油油的树木、农田,我们终于开到小路的尽头,有四五个人在,我一问,这就是龙泉镇严(岩)塘陂,韦执谊用火山石建造的水利工程就在这里。我欣喜万分。现在这里叫新沟、旧沟湿地公园,石头明显是火山石,面积很大,我只去了一个部分。我没想到离海口市区这么近的地方,还有这么古老的乡村,让我感受到一千多年前的生活、古老的氛围。

曹老师实地调查"岩塘陂"后发现,"韦执谊修筑的这一水利设施，虽然规模不大，但很大程度上就是模仿李冰修建都江堰的方法，不但能够蓄水，还能科学引水，能按照灌溉、防洪的需要，分配丰水期、枯水期的流量。难得的是，岩塘陂跟都江堰一样，至今仍在使用，灌溉农田，这不但具有实用价值，还有历史意义；而韦执谊的历史功绩，以及他对海南岛的贡献，都应得到重新的认识和评价。"

快中午一点了，我只好又不舍地匆忙向海口开去，有30多公里的路程。一路上，从南渡江的江边的道路开过来，海南真是发生了翻天覆地的变化，我已经找不到30多年前的印记了。

感谢曹老师的指导，今天我又认识了一位被贬到崖州的历史伟人韦执谊，秉真而通理，他们都是碧血丹心，精忠报国。被贬荒芜之地，从未"躺平"，是什么样的教育和信仰造就了不断超越自我的伟大灵魂？

2023年4月3日晚海大国际学术交流中心

回家

不知道为什么，无论我在哪里旅游，超不过一个月我就想念北京，北京总有家的感觉。无论它有雾霾、沙尘，还是有柳絮和杨絮。

乘坐国航的飞机经常没有廊桥，没有廊桥就得坐大巴车。有一个比较高陡的舷梯，这次我为了节省时间，没有办行李托运，提着一个手提箱，又买了点免税的化妆品。我上舷梯的时候特别费劲，再加上最近腰痛，我吃力地提着手提箱一阶一阶艰难地往上提，又担心自己的迟缓影响身后的人，我越着急越上不去，还是一阶一阶地爬，觉得怎么这么多阶梯，其实没多少。不服老的我，此时承认的确老了。还好，遇到了一个年轻小伙子，他主动上来说："我帮你提吧。"提到飞机上，我非常感谢年轻人，他表情很淡漠，没有笑容，很酷地说："没关系。"我心存感激，这样的年轻人要多一点就更好了。

上了飞机以后，飞机晚点，大约晚了20分钟，还好我事先准备了英裔日本作家石黑一雄的小说《浮世画家》，我便阅读起来，打发时间。最近读了几位日本作家的小说，还是喜欢三岛由纪夫的《金阁寺》和川端康成的《雪国》，他们的长篇小说都不是很长，20万字左右，但经典。不只是讲故事，还有哲理和历史感。

飞机在云中飞行时因气流影响有点颠簸。飞了四个半小时，一路云朵相伴，高山大河在脚下，飞到北京上空，一团沙尘、雾霾笼罩。飞机终于落在首都机场T3航站楼。这架飞机是波音777大飞机，乘载300多人。乘客大多是东北口音，很多人是转机的，飞机刚落地滑行时，许多人开始打开行李箱取行李，空乘小姐使劲播音说，"请不要打开行李箱，飞机还在滑行。"温柔的她们语气着急。我一看，很多的老人，看上去有七八十岁，拼命地把行李往下拿，年轻人也着急。我惊讶的是有很多水果，杧果、菠萝蜜、海鲜等。都是大的箱子，那些小伙子拿下来的时候很吃力，这么重的东西为什么不托运？这场景就像我80年代坐绿皮火车一样，一片的嘈杂声。有一些80岁左右的老人，有的拿着拐棍儿，还能来回这么飞行。这些年日子好了，打破了老人常说的"70不留宿，80不留餐"的老说法。还有86岁的老人，挂着拐棍，双肩背着背包，走路都不是很稳当，还能独立前行，让我非常佩服。

早上八点从万宁的神州半岛出发，到三亚凤凰机场，大约用了一个半小时的时间。晚上到家已经是八点钟了，回到家里，兰花自己又开了，离开20多天，没有浇水，没有施肥。它还是静静地开花，无论是开给自己还是开给我看，都表现了兰花的价值所在，欣喜又亲切。发财树就不一样了，它本来长得很旺盛，因为家里的阳台小，我怕装不下它，进行了修剪，没想到剪得太狠，太多，可能树也伤心了，有点萎靡不振的样子。一进家门，我先打开窗户通风，让新鲜空气进来。已经关了快一个月的屋子，还是有一种腐朽的味道。又赶紧给我的鱼去喂食，还不错，鱼呆呆地开始吃食。又急忙接水浇花，花极渴，喝了许多水，还好扛过来了，没有干枯。

虽然从窗缝里有流进来我不喜欢的细沙土访客，但是我还是觉得回家真好。开始用抹布擦窗子，拖地。

洗完手后，我又急忙打开我在网上订购的书，买了蒙田随笔全集，还有新的大字版《红楼梦》，以前看过《红楼梦》，都是竖版繁体字的，我想重新读《红楼梦》。最近看到直播平台上一位叫岳老师的人重说《红楼梦》，他说红楼梦是乾隆皇帝组织秘书班子撰写的，无论这有没有根据，但是他做了很多考证，还是蛮下功夫的，所以我想重新再读《红楼梦》。又买了王安忆的小说，看看我们的写实派女作家的风格。还有我喜欢的台湾教授、作家林文月的散文随笔集《读中文系的人》，及张晓风的散文随笔集。

重新阅读文学书籍，咀嚼吸取不同文学的精华。

没有文化、音乐、艺术的生活孤独，没有好空气、阳光的日子难熬。

写着，窗外风吼的声音，又是大风天，会不会又带来蒙古国的沙尘？

2023年4月18日夜龙潭湖

自然之美

  与梅见面总是快乐的。她退休了，约我去西单老佛爷，那有一个"钟书阁"书店。看见她退休后浑身的洒脱和轻松，真为她高兴。她总是不经意给我激励，边逛书店她边说开始学第二门外语：法语。她是英语翻译，专业是档案学。我惊讶60岁开始学外语？我汗颜。我的英语都还给美国老师了。难怪我上班时，曾有人怀疑我没去过美国留学。

  我在这个现代装饰的书店买了一本书，英国作家查尔斯·狄更斯的《游美札记》。已是中午，对梅说，我们去吃饭吧，这里适合年轻人，我有点眩晕的感觉。

  有时候，朋友走着走着就丢了，唯有真诚、"三观"一致才能永久，或许人生就是不停地找同类人，一切顺其自然。

  回家急忙打开狄更斯的《游美札记》，天啊，完全是用写小说的方式写随笔、游记。

  丹纳和狄更斯我都喜欢，近日读了丹纳的《意大利游记》，爱不释手，不想看其他随笔，读了狄更斯也喜欢，有的人用散文的文笔写小说，第一次见用写小说的方式写随笔。

  有人说诗的尽头是音乐，其实文学、艺术、音乐都没有尽头。

2023年5月5日晚

君子温润如玉

初夏，天气温和，雾气平静。阳光普照大地，天空辽阔俊美，向四方无尽地延伸。

我国著名文学人类学教授叶舒宪先生邀请我与国华老师在鲁迅文学院（现代文学馆）相见，听他三个小时的讲座。

叶老师从上海来讲"中国文化元宇宙"，1988年他就提出元宇宙的中国话语。他还是像三十年前那样，气宇轩昂。有点变化的是头发花白，当年穿的短袖T恤，今天穿着绿色汉服，活像一个道骨仙人。

我上中国哲学史在职研究生时，叶老师给我讲过课：文学人类学，我们亦师亦友。我退休后又联系上，他长住上海交大，海边一别，又是近两年才见面，倍感亲切。

叶老师就是一位如玉的君子，几十年初心未改，对中国文化特别是"玉成中国"文化的研究达到痴狂，对以"玉"文化解释中国五千年文化的研究，学者专家中不多见。他对"玉"文化的崇拜极像"济公"一样疯癫可爱，把所有的工资都投给"玉"，经常在潘家园淘宝，一生走遍祖国的山河大地寻"玉"，研究中国文化的"元宇宙"。

他提出"玉化想象"，中国元宇宙特质、神话宇宙观、神话的生命观、神话的价值观。幻想引领人类，神话催生文明。人是宇宙唯一幻想动物和叙事动物。

他提出文化元编码，创作、文创文化再编码，文化文本论。他说，曹雪芹的《红楼梦》就是文化元编码，神化幻想，元宇宙虚拟现实，文创是文化再创。

他说，儒家、道家、法家，也就是本土思想，以"道"为轴心的本土话语，以"气"为轴心的本土话语；以唯物、唯心二分法为轴心的是外来话语，代表人物是胡适、冯友兰。以主、客观分也是外来话语。

他认为，中国话语的元宇宙观，元叙事体系，催生文明的核心神话信仰，全被历史尘封地下，无从知晓。神话中国论，打通了神话与思想史、艺术史、宗教史之间的壁垒。

他说，中国最早的文字发现于北京中药铺中的"龙骨"，来自河南，而文学的开端来自"神学"。

他提出：玄（黄）宇宙，玉宇宙，龟宇宙。中国虚拟现实被"西学东渐"腰折。今天，中国文化进课堂、进教材，是复兴中国文化几十年来最好的时代。

我知道叶老师有些观点国华不完全认同。中午吃饭时，我拍了一下国华肩膀说："我知道你不认同西学东渐夭折中国文化说。"他点头说，是的。有许多人认为是西方的洋枪坚炮打开了中国国门，迫使我们开放，全面向西方学习。这个问题复杂，以后再说。

国华就是这个想法。我们的观点有时候不同，但是从未影响我们的友情。我们是一生肝胆相照的朋友，"君子和而不同"，无论有无联系，他们都是我一生难忘的友人，思想的交流给我带来无比的快乐。

听叶老师讲课又有一个大收获，他推荐段玉裁的《说文解字》，每天早、晚各背三个字。我喜欢古典文学，诗词歌赋，但是"文革"让我们这代中国人不识中国字。我马上网购一本，真快，今天早上书到，打开一看，呆了。叶老师让我背"天书"啊？无论如何也要背。

这个"老济公"，自己对文化疯癫，让我们跟着他疯。他又说中国文化之根不是"狼图腾"，是"熊图腾"，我又傻了，不是"龙图腾"吗？

一百多年来我们的教育被"西化"，脚下的大地离我们渐行渐远，"老济公"的梦想与追求，感动并继续教育着我们。

2023年5月10日上午龙潭湖

喜鹊与乌鸦

初夏下午，细雨过后，公园空气清新。漫步林荫小路，突然感觉头顶上鸟呼扇着翅膀强烈地碰撞，噼里啪啦的打架声。我急忙抬头一看：十几只黑色雄壮的乌鸦与七八只灰色喜鹊互掐，并且是群殴，乌鸦凶猛，互过几招，喜鹊向北飞去，乌鸦追了一下，掉头向南飞去。

好端端的打什么架？一个吃腐肉，一个吃草虫，打得什么劲？

我抬头仔细找"战争"的起因。乌鸦真的很疯狂，像战斗机，狂追猛打。原来高大的杨树上有个大喜鹊窝，难不成乌鸦抢占喜鹊窝？窝里若有小喜鹊或者正在被母亲热孵的小鸟，那可惨了。

我喜欢喜鹊不喜欢乌鸦，完全是受母亲的影响，每当听到呱呱的乌鸦叫声，透着凄凉，母亲总是皱着眉头，一脸嫌弃说不吉利；每每听到喜鹊叽叽喳喳清脆的叫声，她就喜笑颜开地说，喜鹊叫吉，来报喜的。

喜鹊来了一定有好事，似乎成了定理。

十几年前，我在万寿路住时，马路两边树上落满了乌鸦，每年喷药，剪树枝，成群的乌鸦就是赶不走。也有人说"恩济里"是清朝皇上赐给太监的万年之地，也是乌鸦祖祖辈辈的老家。

每次走在这二百多米长的马路上，我就像过"敌占区"一样，拼命跑。树上落满了黑压压的乌鸦，噼里啪啦地站在树上往下拉屎，马路上白花花成片的鸟屎。它拉得痛快，杨树下人行道上的人却遭殃了，经常被白色鸟屎挂彩。我不敢抬头看，看一眼浑身起鸡皮疙瘩，就像看地上成群的蚂蚁一样，只要看到地上有细土堆积的小鼓包，一定是蚂蚁的家，我马上绕道而行。后来我想，我的"密集性恐惧症"一定与乌鸦和蚂蚁有关。

更可怕的是，树上乌鸦拉的白屎洒满马路两边，如果不迅速跑过，乌鸦屎常落在你头上、肩上。让你几天心情不好，担心霉运。

有一次，我跟好友在万寿路北马路边散步，我说："进入雷区了，快跑。"我对好友讲我讨厌又黑又丑的乌鸦，她哈哈大笑说："乌鸦是天下最孝顺的鸟。"她又讲乌鸦反哺的故事，乌鸦的母亲年迈，双目失明，飞不动时，小乌鸦便将觅来的食物喂到母亲的口中，回报母亲的养育之恩。

在漫长的历史长河中，我们这个民族在养老、敬老方面曾有过无数美丽动人的故事，扇枕暖被的黄香，彩衣娱亲的老莱子，舍身护父的潘综，锅巴奉母的陈遗……

乌鸦反哺，让我改变了对乌鸦的偏见，但我还是不喜欢它的叫声。

喜鹊是十分有灵性的，它们并不会随意靠近人，在筑巢的时候也是一样的，会选择家庭氛围比较和谐的人家，来筑巢。喜鹊靠近自己的时候，也代表着自己是很有福气的，适合做想做的事情。当喜鹊靠近自己是好的吉兆，这也是千年的传说。无论是黑白的喜鹊，还是大灰喜鹊，我都喜欢，特别是叽叽喳喳的叫声，听起来像山林间小溪潺潺流水旁的笛声。

2023年5月15日下午龙潭湖

秋蚊

不知是否因为今年雨水多，秋蚊特别多。秋蚊大多是黑色的，也有花蚊，且嘴巴尖长。天还热，为了防止被秋蚊咬，不敢穿裙子，只能穿长裤，胳膊上被咬了许多包。

门窗关紧，即使开窗也有纱窗，不知蚊子从哪里钻进来的，害得我每晚与蚊子打架。

夜里经常被蚊子咬醒，胳膊和腿上被叮咬出红疙瘩，痒得难受，只好用手抓破。半夜开灯打蚊子，四处寻找，不见蚊子的身影。连续半个月偶尔看到，起身追，它向下飞，藏起来很难找，如果向上飞，便于我打。它不禁低头向下飞，连嗡嗡叫的声音都没有，真是闷头干大事。

秋天的蚊子不像夏日的蚊子，老远嗡嗡叫着，高声宣战："我来咬你！"以前，我经常黑灯瞎火地在脸上、胳膊上拍死蚊子，只要一痒，我先拍，或者开灯，蚊子仰着高傲的头大声嗡嗡叫着向上飞，我追着打，无论有没有吃过我的血，都被我消灭。有时拍死的蚊子沾满了我的血，特别解气："让你咬我！"

今年的秋蚊厉害，不声不响，咬了我半个月，经常在旧疤痕边上再咬，我拿它一点办法都没有。我不能闻蚊香，只好买了驱蚊药水。熏了三天，蚊子没事，我被熏得咳嗽。

连续夜里被咬醒，只要开灯，连蚊子影子都找不到，我拿着毛巾四处轰赶，想逼蚊子出来，还是找不到。蚊子城府也太深了，不事张扬，蔫不唧儿喝我的血。

被蚊子咬得无法入睡，我坐在灯下感叹，小时候经常听说"低头男子，抬头女"不好惹，"爱叫的狗不咬人"等，现在才知道这低头不叫、只干不说的秋蚊也知道韬光养晦。

2023年9月6日 龙潭湖

那双深邃的蓝眼睛——《奥本海默》电影观感

一切事物都有两面性。查体复查，我去了协和医院呼吸内科，10年前因患过敏性咳嗽、哮喘常来协和医院，近两年好了也就不来了，医生就是一个让病人"好了伤疤忘了疼"的职业。

虽然久不联系，我还是心底感念每一位给我看过病的医生。

我联系了一位曾为我医治"过敏性哮喘"、留学美国的主任教授医生。

一进门，诊室很小，整齐干净。

他抬头说："我看一下胸部CT片子。"看了几年的片子，认真比较后他说："是肺部有感染，别紧张，吃点消炎药。"说完，他微笑道："你去美国了，我喜欢读你写的小短文。"接着我们交流了不同的看法和想法。我喜欢与坦诚的人相处，即使他与我意见不一致，我分得清好坏。他说着随意摘下口罩用英文给我背诵《美国独立宪章》里的一段，听到悦耳的美音，我惊呆了，他回国20多年了，英语仍朗朗上口。他简短地给我推荐了几本社科书，真是天外有天，人外有人，不要轻视你以为平常的人，特别是才华横溢的知识分子。这医生真是跨学科人才（我认识的医生里跨学科人才不少）。又说："去看电影《奥本海默》吧！"我说："好吧。谢谢啦!"

很多病人排队,我匆忙走出诊室。我们许多医生不仅治病还能医治思想。医学看人,看"心",病与每个人的人生经历离不开,积劳成疾。

今天上午复查完24小时的心电图,一切正常。秋日阳光温柔,树影婆娑,一身轻松,我在手机上查国瑞电影院,有中午11点30分的《奥本海默》,急忙买了票。11点赶到国瑞,先去"日本寿司店",我说:"只吃魔芋牛肉饭,不敢吃海鲜,怕被核污染。"

老板戴着金丝边眼镜,文绉绉的,"放心吧,我们这小店没有高档海鲜。"他的实在引得我哈哈大笑。

11点20分我准时走进影院,共有7排座,全场3个人,相当于包场。

电影开始,奥本海默站在小雨中,严肃的脸,睿智透明的蓝眼睛,复杂的眼神直视镜头。小雨一滴滴落在地面,形成无数个圆圈,逐渐扩大、散开。

奥本海默在被审查期间,他研究核物理裂变、聚变,他推翻爱因斯坦的物理概念,创新量子物理学,当时政治需要制造原子弹,这就是世界近代史上著名的"原子弹之父"奥本海默。他爱上的两个女人都是"美共",对他影响极大,美国安全部门对他进行严格监控,他还背着老婆与以前的情人幽会。情人是美共,散后自杀。

当别人问他:"你制造原子弹是否会毁灭全世界?"

"不会!"他坚定地回答,他以为他能控制能量。他有时站在科学家的角度看宇宙,想象着原子弹试验成功,漫天红色火海;他有时站在艺术家、音乐家的角度看浩瀚星空的美丽,用绘画的思维勾勒宇宙。他自身的矛盾在于他儿时受过良好的教育，文学、哲学、语言、艺术等，当然物理学是他的专业，并取得巨大的成就。这"成就"他又背负终身，有负罪感。所以他不主张研发"氢弹"。他拖延审查来惩罚自己，这是高尚有良知的科学家对自我道德自律的反省。

用三年时间，4000人参加，花费20亿美元，1945年7月16日试验成功，他们一直在抢时间，赶在德国人的前面。

奥本海默想让原子弹用于德国纳粹、希特勒，没想到用在日本。

当美国总统杜鲁门接见他时，表扬他让美国少死了许多人。奥本海默却自责道："日本无辜的人民会怨恨他。"

杜鲁门很生气地说："他们会怨恨是我决定投放，而不是你！"

奥本海默被怀疑忠诚调查时，有人劝他离开美国，他却说："该死，我爱我的祖国。"又应了那句老话"科学无国界，科学家有国界"。现实让他认识到"原子弹"由他们制造，但使用权不属于他们。奥本海默应该懂得科学家与政治家的社会分工是不一样的。在氢弹试验时，他拖延，且婉转拒绝，致使美国1952年才成功研制第一颗"氢弹"。

一枚硬币的两面。奥本海默作为科学家成功了。为此，折磨自己一生，成功的负罪感。但是杜鲁门运用他的科学成就在日本投放两颗原子弹，使日本无条件投降，赢得了"二战"时太平洋战争的胜利。

虔诚裹挟着亵渎，正义与邪恶，怎么理解？

科学与政治，在某种程度上科学是为政治服务的。国家利益至上，都可以理解。

影片结束时，最后一句话，是奥本海默那双深邃的蓝眼睛和他坚毅地说："是我们毁灭了全世界。"这句话发人深省。

如果人类没有现代化进程，没有核武器，没有军备竞赛，近现代世界史又会怎么书写？未来，到底是谁毁灭世界？

电影《奥本海默》是一部非常深刻、史诗般的不朽作品，把一部"自传"拍得这般经典，不得不佩服克里斯托弗·诺兰自编自导的能力之强，演员基里安·墨菲的文化、艺术底蕴之深。文学作品要有文化、哲学支撑，才能有强大的生命力。

2023年9月21日夜

侄儿

两年没见的侄儿，为我从银川坐10多个小时的绿皮火车来京。

我问："为什么不坐飞机？"

"我喜欢火车，晚上8点多上车，早上9点就到北京了，睡一觉。"

昨晚，聊天。

我问："你现在是大学副教授，又带硕士研究生，你自己有什么新的油画创作？"

他说："很难，画黄河、羊皮筏子、贺兰山。很难出新意。"

我不改老毛病："第一，读书少；第二，绘画、音乐、文学是有灵魂的。如现在西海固地区的人们的生活比二十世纪七八十年代我在银川时有天翻地覆的变化。画人物'老汉'不同特点，你能画出来吗？笑，从心里的灿烂的笑，能抓住吗？时代变迁，人物也不一样，去追寻艺术的灵魂感。"

他看到我茶几上丹纳的《意大利游记》，说："小姑，这书你也看呀？"

我说："非常喜欢，我在读，西方艺术经典著作，丹纳在这本游记的基础上创作了《艺术哲学》。你回去买一本，反复读。"

今天上午办完事，中午12点我们匆忙吃罢午饭。我说带他去香山吧。

北门进香山，天蓝云白，侄儿说："北京的秋天真美！我第一次来香山。"

我惊讶："第一次来，你以前上中央美院研究生时没去过香山？"

"没有！"

"下次来，我带你去潭柘寺、云居寺、大觉寺，北京的庙宇就是我国古建筑的艺术品。"

在三百多年的老柏树下，人并不高大。爬到香山寺门口，我膝关节痛，我说右转就是"双清别墅"，你去，我在这休息一下。

下午3点多往回赶，急忙给他包三鲜和胡萝卜馅饺子，吃完送他上绿皮火车，用他的话说："小姑，睡一觉，我明天早上8点就到银川了。"

夕阳穿过云层，照在高楼。我目送侄儿去赶绿皮火车，心中悠然地欣慰又不舍……

2023年10月13日傍晚龙潭湖

相信爱情

与W君见面,他帮我治疗颈椎病。晕沉沉的头,顿时感觉轻松。他中医正骨的手法比十几年前更加熟练,他是家传并学习了许多前辈的手法,我这脖子只有他掰,才放心。

好久不见,简短聊天。

"我在朋友圈看到你女儿,漂亮可爱,快1岁了吧?"

"嗯,特别可爱!"他边说边打开手机,让我看他女儿的照片。

"该准备要二胎吧,一个太少。"

他迟疑了一下:"要什么二胎,还不知能不能过下去?离婚协议签了几次了。"

我睁大眼睛:"您年初刚结婚生子,这么短时间!"

他说:"两个月闪婚,有了孩子就结婚了。"

"最好别离,她脾气不好,你多包容,让她,熬老了,就好了。"我按照劝和不劝离的习惯说。

他眼神疑惑问我:"你说结婚前特别温柔,结婚后怎么就变了一个人。"

我说:"好像爱情和婚姻不是完全一样,爱情只负责谈恋爱,婚姻复杂，承担更多的责任。"

他犹豫着说："反正现在离婚的人也多了，还有离四五次的。"

"能凑合，千万别离，特别是第一次离，对人伤害太大，或许影响到你的价值观。"我嘴不由心地说，其实也没那么坚决，如果不快乐，一辈子熬下来，也很不幸，我疑惑地想。

"我也在考虑，婚姻不顺，的确折磨人。"他憨厚老实的脸，抑郁的眼神。

"你如何选择都好，千万不要把自己折腾抑郁了，下班去跑步健身。"我安慰并道别。

走出他的诊室，小马路上的车川流不息，人们脚步匆忙，为自己的生活前行。我呼吸着深秋的空气，微凉，树上的黄叶被小风吹落一地。我抬头望着天空，看着满天飞舞的黄叶落下，落叶也很美丽，如果撒满小路的黄叶不扫，充满诗意；可是行人或者车辆，容易滑倒。

我想起20世纪80年代初，那时候我们年轻，特别喜欢读书、思考、争论。男生读金庸、古龙、高阳的武侠小说；女生读琼瑶爱情小说。还有许多外国小说，托尔斯泰的《战争与和平》《安娜·卡列尼娜》，司汤达的《红与黑》，维克多·雨果的《巴黎圣母院》，等等。大部头小说，少不了对各种各样"爱情"的描写，剖析对人性和社会更深刻的理解。爱情和婚姻属于个人，有时也受时代文化的变迁所影响或制约。那时，我除了读这些书，还订买《十月》和《读者文摘》。

《十月》几乎每期都有好小说。张贤亮的《绿化树》，张承志的《北方的河》，张洁的《沉重的翅膀》，铁凝的《没有纽扣的红衬衫》等好作品。

那时候的年轻人大多是读着小说，学着谈恋爱。

书没有白读的，对思想和文化会有冲击，人才会思考。

80年代，年轻人开始讨论"干得好不如嫁得好"，近些年，年轻人也有说："宁可坐在宝马车上哭，也不坐在自行车上笑！"

关于爱情婚姻价值观的讨论，始终没有停止。

到底有没有纯而又纯的爱情？还是，婚姻必须建立在"互利合作"的基础上才能永久？

爱情是有灵魂的，纯而美的浪漫，不掺和任何杂质，也或许是一种崇高的毁灭，这或许才是最高境界的爱情。能拥有这样爱情的人或许也不多。正是如此，才让人们向往、追求和珍惜。拿破仑在东征西讨中，随身总是带着《少年维特之烦恼》这本爱情小说。

婚姻是平凡现实的，更多的是相濡以沫，执子之手、与子偕老过日子。能够拥有这样婚姻的人，让人羡慕。

我也说不清，离婚率上升，接近50%；结婚不生孩子或只生一个；还有未婚生子、试管婴儿等现象，对社会发展与进步有何影响？但我觉得人们有了更多的自我选择，而不是外力的强加。

关于对爱情、婚姻、工作、事业、人生的价值标准和判断，还是留给年轻人去思考。

夜已深，看表，凌晨3点了，无法继续入睡。我起身，拉开淡绿色机绣的麻布绣花窗帘，夜空中万家灯火。窗外，砖造的塔楼，在夜幕中隐退，一扇一扇窗户闪烁黄色灯光，颜色黄黑分明，线条和颜色镂空浮现，窗户横与竖之间，仿佛是一种布局，楼与楼彼此依靠和排距，又仿佛是一种对话。

每个家都有不同或相同的故事。

月亮平凡清淡，挂在天边，只是缺一个小边，再过两天就是十五，月亮又该圆了。月亮年复一年，月复一月，亘古不变。它古老的平凡，每月十五，无论你看见还是看不见，它都是圆月。

2023年10月26日凌晨龙潭湖

怀有希望

深秋,我实在没办法了,给三年没见面,同仁堂的著名中医大夫打电话:"您在哪里坐诊?我要看病。"

"我在家里,抱歉!我夫人不让任何病人来家里看病,怕有传染病。只能去我家门口的公园。"

"哈哈!好啊!完全理解。"

刚好,今天是一周多来最好的天气,秋天的碧空下,霜满枫叶,落叶悄然。可惜不太会认导航,从三环上四环又绕北五环,一个半小时终于找到。一排排错落有致的小板楼,旁边就是一个公园。我走进公园,感觉空气像是特供的,格外清新,一片片黄叶,给人秋的向往。

不一会儿,我看到他变瘦的身躯,向我招手。我走过去,有一个白色铁架小圆桌,两把铁椅子,好像专门为他准备。一般都是长条椅。

他说:"你脸色苍白。"边说边把脉,又看舌苔。

我真的是有时候相信西医,有时候相信中医。比如,需要开刀的病我一定相信西医;慢性疾病或者抗病毒的病,我相信中医。找到一个地道的好中医太难,成了稀缺资源,找到有机中药更难,上过农药、化肥的中药材影响疗效。

看完病，开完药方，他嘱咐我，找人誊写处方。

他一脸茫然地对我说："现在不知干什么，自己开诊所，这税那税，单位交了还要交，我也搞不懂；去中医院上班，开了处方，网上联网，问为什么开这个中药？这个药治疗肿瘤、结节的。"

我也觉得好笑："或许这个药太贵了。哈哈！"

他说："是！但是病人需要呀！唉，现在不知怎么活着好。"

我惊讶："您那么多爱好，打网球、打扑克、国内外旅游。"

他眯着大眼睛笑道："都没意思，曾经瑞士、日本、韩国都能留下，开中医馆，收入丰厚，我融入不了他们的文化。现在什么也不想做。写中医的书没人看，也卖不出去。"

我说："一定要写，没人看也写，留给子孙，等回过神来，请孔子回来时，他们会寻找你留下的中医学宝库。一定要写。"

他微笑说："我不像你，又读书，又写作。"

我说："读书、写作、旅游是我退休生活的规划，我现在略有后悔，应该50岁就退休。现在精力有限，书读不过来，要补的课太多，写作超过两个小时就累，还这疼那痒。我只是脸皮厚点，不管别人怎么看，留下自己的心声。哈哈！"我俩开怀大笑。

我终于又看到他几年前放光的眼神，爽朗的笑声。每每给我把脉，他都开导我："想干吗干吗去，别压抑自己，去跳舞、唱歌就没病了。"他是那么帅气，长得像印度人，高鼻大眼，双眼皮，轮廓分明，还写得一手好毛笔字，写扇面，欣赏古典音乐、绘画。

他简直变了一个人，无望的眼神，看他这样，我心里倒不是滋味。

"您去国外深度游，去欧洲大农村，不要走马观花，一个地方住上两个月。"我想让他调节情绪。

"遇不上谈得来的朋友，更麻烦，你想去东，他想去西。自己去太孤寂。"他还是没兴趣。

"真是这样。我想去俄罗斯，看完莫斯科、圣彼得堡，再去布拉格。什么季节去好？"我投石问路。

他精神来了："布拉格好！那座城市有九座山，各式各样的房子，色彩、设计风格非常好看，充满历史感又浪漫……"

"等俄乌停战了，我们组5个人去，刚好包一辆车。"我自语现在世界戾气太重，动辄打仗。

我一看，太阳正南向西偏了一点，看手机快下午1点了，我说我要去抓药，回家自己煎药，我喜欢闻熬药的味道。

他也说在公园走两圈，望着他远去的背影，我心里有点酸楚。

最好的管理就是让人有希望，能干事，干成事，有盼头；人生能不断自我渡劫，生命的意义或许也就是怀有希望。

2023年11月3日 龙潭湖

窗外有棵梧桐树

今冬的北京断崖式降温，温度直降20℃左右，寒气袭人，还好供暖及时。

机遇让我住进市中心的一座紫红色小楼二层，因为是直线降温，梧桐树树叶还是绿色，遮住太阳，还好有花，还能看到太阳的光芒。

晨曦，阳光透过树干从阳台延伸到屋里，又是一个初冬的晴天。穿上羽绒服，在阳台上比画几下瑜伽的站立动作，总是给自己找一个理由：天冷，不能出去，我还是锻炼了，给自己一个安慰。

整个上午读书，颈椎痛，只好去阳台上看这棵小叶梧桐树，树干粗，看上去也有几十年的年轮。其他树木，大多都经过金黄色的成熟灿烂后随风而去，落入泥土。这棵梧桐树，抗寒，夜里已经零下几摄氏度，它却还是绿色盎然，以顽强的生命力与严寒抗争。

安安打来微信视频："姥姥，我想上波士顿的艺术高中。"

"好啊！只要你喜欢的专业。但是，你要准备考试。按学校要求的入学条件去准备，我支持你。"我欣赏安安，她从小就一直有想法，想学画画、服装设计、小提琴，做手工艺品、小雕塑陶艺、学编织、学戏剧表演等。她最大的优点就是有想法，并努力去实现，充满了活力和希望。

所以，与安安交流格外的愉快。

中午1点多午休，翻来覆去睡不着，拉开窗帘，窗外的梧桐树在蓝天的大背景下，阳光在绿色树叶的缝隙里闪烁着淡淡的回忆。

梧桐青绿色三角形叶子，竟成心形。一层层，一串串，搭建了梧桐伞的结构。笔直的树干和夏日梧桐花的清香，可惜我没能力闻到花香的味道。在这断崖冷的初冬，栽下梧桐树的人，自盼凤凰来。

凤凰结荫在朝阳。

2023年11月12日 朝阳

怀念基辛格博士

基辛格博士满百岁走了，无论是生命的长度还是质量都让人钦佩。他是世界上为数不多的优秀博士，我对他其他头衔不是太在乎。

他的一生波澜壮阔。他一生用大半时间投入中美关系，1971年来中国的"破冰之行"，及中美建交，"联合公报"的签署，改变世界冷战格局。他用智慧、思想、战略思维、外交实力、开创了新的世界格局，他还不是"一把手"，不是"总统"，把当时的一手烂牌，出其不意地打得如此漂亮，这种工作难度可想而知。一个博士能写出有思想的著作已经不易，如果说服不同文化、不同意识形态的"竞争者"达成合作共赢，要用尽全身所有力气和大脑智慧，促成"中美建交"，用生命的超强毅力，写出世界外交史上的精彩华章。

但是最令我震惊的是他作为百岁老人，人生最后时刻，佝偻着身躯，左手拎着做过三次心脏搭桥、两次换瓣，共5次千疮百孔的小心脏；右手提着脑血管硬化的智慧大脑，乘飞机十几个小时来中国，为中美关系、世界和平"斡旋"。

基辛格不仅属于美国，还是当代世界成功的外交家、战略家、政治家，也是中国人民不能忘记的友人。

基辛格给了我们最好的示范，"我思故我在"，不停止学习与思考，思想不退休，人就不只是活着。年轻人怎么好意思"躺平"呢？

他一边吃炸猪排，一边一天工作15个小时，一边做5次心脏手术。当然我不赞同他吃炸猪排，但这就是基辛格的潇洒和个性。不禁让我想起李白醉酒才能写出《月下独酌》："天若不爱酒，酒星不在天。地若不爱酒，地应无酒泉。天地既爱酒，爱酒不愧天。已闻清比圣，复道浊如贤。贤圣既已饮，何必求神仙。三杯通大道，一斗合自然。但得酒中趣，勿为醒者传。"

苏东坡更是"奇葩"，一生被贬黄州、惠州、儋州三地，三起三落。不仅写出流传千古的绝世诗词，还教会当地人农耕，如何吃海鲜及"东坡肘子"。

东坡有豪情，《念奴娇·赤壁怀古》："大江东去，浪淘尽，千古风流人物。故垒西边，人道是，三国周郎赤壁。乱石穿空，惊涛拍岸，卷起千堆雪。江山如画，一时多少豪杰！遥想公瑾当年，小乔初嫁了，雄姿英发。羽扇纶巾，谈笑间，樯橹灰飞烟灭。故国神游，多情应笑我，早生华发。人生如梦，一樽还酹江月。"

无论中外，有思想的人都有个性。为此，我们要保留、允许年轻人有"思想"，有"个性"，当然您不能脾气比本事大。

我期盼，我们也培养出几个基辛格、芒格、巴菲特、马斯克，我们的人口基数大，如果没有，就应该反思、改进教育体系，创造更好的人才成长环境，给他们平台。

怀念基辛格博士，也是希望中美两国有远见、务实的贤达人士推进中美关系良好发展。

2023年12月3日龙潭湖上午

名字

买了一张美容卡,三年多都没用完。当时想,终于完全可以自己支配时间,过美丽的生活,旅游、读书、瑜伽、美容。

因各种原因都没有落实到位,真是想得美。每收到美容院小姑娘艾米的督促电话或微信,才懒洋洋地答应,小姑娘很是尽职尽责,十天半月就来信息,要么是周年店庆,要么是"双11"。

每次去国贸这家小美容店,总是轻松得想睡觉,艾米知道我的习惯,关闭音乐,小小的房间静得只能听到她的呼吸声,如果不想事,我能小睡一觉。

艾米轻声说:"姐姐,你该除皱,眼皮也耷拉,往上提一下。"她刚20岁,不停做医美,做双眼皮,填充高鼻梁,打美白水光针等。

我微笑道:"你还是叫我阿姨吧,你比我女儿小多了。"

她连忙说:"我们都这么叫顾客,怕不高兴,说人家老。"

我安慰她:"没事,我不怕老。老字号、老作品、老的音乐,只要经典,都很美。医美我不做,我怕疼。我来只是因为长期用防晒霜,有化学成分渗入皮肤,你帮我把脸洗干净补点水就好。天干地燥,皮肤干燥得快掉皮了,在家有面膜也懒得敷,不是把水流进眼睛，就是弄到衣服上。还是你做得好，躺在这轻松、舒服，与医院的床感觉完全不一样。"

在微暗黄色灯光下，雾气喷在脸上，我闭上双眼享受生活。平均一个月能来一次就不错了，来这又好像提醒自己再老也是女人。

一会儿又进来一个东北姑娘，说是美容顾问，自我介绍叫莉亚。说我一身一脸的不是，都该动刀子来解决。"拉皮"，听着就瘆人。

我说："你搞营销很厉害，我一是怕痛，二是年底不想花钱，且卡里还有余额，我去旅游，没法常来。我突然想起来问，你们为什么都叫英文名字，会用英文写吗？我记不住，还是中文名字好听、好记。"

艾米和莉亚都笑了："我们不会写英文名字，公司必须让起英文名字。"

我心想真是滑稽，当然，这也不怪这些孩子。

艾米轻手给我洁面后，用"紫水晶"精华液按摩脸颊。

说到名字，我想到我的名字变化。我出生时，军人出身的父亲给我起名"新宁"，意思是建设新宁夏，乳名（小名）叫"宁子"，一不小心还起了个日本女孩名字。我从上初中起就不让家人叫我小名，要直呼大名。没过两年，父亲说，按祖上规矩他名字有两个字，我们兄妹一个字，单名，我最小，他希望我像"兰花"一样，起名为"兰"。当时我可羡慕同学的名字是"继红""卫红"了。工作后，在父亲要求一辈人是两个字、一辈人是一个字的规定下，我自己把名字改了，还是一个字，也是同音字，既遵守父亲的家规，也满足了我的心愿，因为我觉得我没那么娇贵。

我又想起上个月住院时，一个护士的名字"婉欣"，我一下记住她，她长得好看，身材也匀称，活脱脱琼瑶笔下的文静可爱美女，说话慢声细语。

一天下午，明媚的阳光，穿过医院走廊的大落地玻璃窗落在身上。婉欣拿着病历夹、床单，陪我去做肺部CT。我边走边说，医院管理真好，窗明几净，水磨石地擦得快照出人了。老房子这么干净，我叹服。

我看着婉欣说："你要是我女儿就好了！你这般温柔，平常会发脾气吗？"

婉欣微眯双眼，双眼皮变成单眼皮，微笑道："会。在外工作乖，有时回家给我妈发脾气。女儿给妈发脾气是一种撒娇。"

我仰头哈哈大笑："婉欣，你一句话，我以后再不因为女儿发脾气生气了，你让我懂得'撒娇'有很多方式。"

"三人行必有我师"，孔子也很佛系。

现在见人少了，有时间欣赏每个人的外在与内涵。

又想起我给小外孙起名字，女孩叫"小米"，男孩叫"土豆"，因为母亲告诉过我，名字起得丑，娃娃也接地气，站得住，好养。我女儿一听，女孩叫小米，男孩叫土豆，就急了，说我就知道吃，名字要重新起，还要快。因为她马上要进手术室剖宫产。

我慎想，老人最希望孩子什么呢？不就是平安健康快乐吗？女孩叫安安，男孩叫康康，大家都满意。

名字不只是一个符号，也是时代的印记，无论是公司还是个人名字，关键是要修身养性，用阳气、正气立足于天地之间。

2023年12月7日大雪节气，今天无雪，气温零上9摄氏度

神州半岛的日子

这次来岛上一周都是艳阳天，湿气重，家里有霉味，还好无雨，天天晒被子。海上风平浪静。

上午，坐在阳台上，远望，海的不远处有两个小岛，咫尺天涯，遥遥相望，看着彼此距离不远，就是只能相望。在海中央的小岛，看上去似远山，如果天阴或者早晨，海上有雾气缭绕，山朦胧，海也没那么深。

淡淡的远山，浅浅的海。一派吴冠中的水墨画风格，又像沈从文《边城》的味道。

人生之海，也没那么深远。能留下来的或许是文脉。从小读鲁迅先生的书，现在读周作人的散文、随笔，文字精美，文学底蕴丰厚。鲁迅先生犀利的文笔也颇为少见。年轻时读鲁迅先生写：我家院子前面一棵枣树，后面还是一棵枣树。我不解，为什么不直接写我家院子有两棵枣树。现在能记住的是先生留下了那个时代的三个人物：孔乙己、阿Q、祥林嫂。孔乙己代表了一个时代边缘人的尴尬和孤寂，折射出人性的薄凉和冷漠；阿Q的精神胜利法；祥林嫂是那个时代底层妇女的悲剧人物。

鲁迅先生对当时社会的批判性最强。李泽厚先生评价，近现代文学家，他始终推崇鲁迅先生的文学作品。

从文学性来看，我喜欢张爱玲，她是我国近现代文学的重要作家。但是她文字的尖刻、冷漠我不适应，这与她的人生成长经历有关。

前不久读马来西亚华人女作家黎紫书的《流俗地》，讲述马来西亚社会风貌和小人物命运，主要讲盲女银霞的成长史。文笔如涓涓小溪、如山林中的清风，她写道："人生中有多少事都是在雨中发生的。"真是绝美的句子，一个讲英文的马来华人，把文字、语言把握得如此完美，不难看出其古典文学的底蕴。黎紫书当过记者，对事物的敏感、感悟十分专业，还有她的文学天赋。

看着海发呆。海，有时又深又远，有时又浅又近。

去半岛的大门口外，大桥边上，采购渔民从海里打捞上来活的、新鲜的基围虾、石斑鱼、和乐蟹，每斤的价格分别是60元、80元、100元。学不会东坡先生的诗词、书画、气度；还学不会吃？吃都是饮食文化，东坡先生吃海鲜还写了一首诗：

> 清溪石流瘦，白陆走泥浑。
> 巧妇叮咛细，鲜鱼丙穴珍。
> 箸篷橙压酒，乐罢不须温。
> 但说临溪口，鲈鱼何处人。

中午，清蒸鱼、蟹，把虾用开水烫熟，蘸姜醋，大吃一顿。如果有绍兴会稽山的黄酒，加几粒话梅烫热，更美，可惜我不能喝酒。

下午2点，乘电瓶车去酒店露天游泳池游泳。

百米的游泳池没有三五个人，蓝天无云，太阳直晒了大半天。北面酒店人工流水，仿造瀑布，从几米高落下，南面天连着海，太阳正当午，无法直视。我换好泳衣，走到岸边，伸脚一试，这么凉！身边的一对年轻恋人，男生纵身跳入水里，大喊："太凉了！"我笑着说："还是年轻好！"他站在水里说："不是，是'虎'！您做好热身再下来。"我迟疑，还游吗？男生喊他女朋友下水，女生坐在扶梯，脚放在水里直喊凉，男生一把把女朋友拉下水，抱在怀里，又是一声尖叫。

我坐在岸边开始试水，脚、小腿、大腿，一点点往身上撩水，双臂、特别是我娇气的小心脏，慢慢跳下水，真是冰凉透心。抓紧游吧，游几百米就好了。游泳是最舒适的运动，我喜欢。全身放松，水底下是蓝色小方块瓷砖，天蓝、地蓝、海蓝，人被蓝色包围。怎么能不幻想呢？

我停下来喘口气，那个男生告诉我："这个水下晒不透，太凉，海水热。"他们没游，只是戏水，便上岸了。

我坚持又游了两圈，脚越来越凉，每次下水一千米，这次只好放弃，怕着凉感冒，现在感冒发烧是最烦人的事，说不清楚是什么。

我恋恋不舍地上岸，洗完澡，换上衣服，躺在折叠躺椅上，晒太阳，凝视浅浅的海。

回来的路上，路边的凤凰树开满了红色花朵，它装点海南冬天的美丽，也承载海南的未来和希望。

晚上，看电视，刘诗诗主演的《一念关山》，演得不错，我喜欢看男、女主角手持宝剑，身穿长袍在天上飞啊飞，因为站在地上的人无法飞翔。有时也看一些《小美女猛追霸道总裁》，或者《霸气总裁逼婚》等。开心一笑，看到男演员过分整容、化妆，抹白粉、口红，还是浑身不自在。

看完电视，海边有人放烟花。海南人很有生活的仪式感，隔三岔五不是放鞭炮，就是放烟花。小渔船马达声轰鸣，渔民出海捕鱼，我一直怀念30年前海南的小渔村，心里盘算着，寻找地道的渔村去住上一周。

烟花熄灭。我趴在阳台上看星星，浩瀚星空，这里才是星光灿烂，星星如诗如画，仿佛宇宙中无数双智慧的眼睛，在注视着我们这颗蓝色星球。可惜我的天文知识匮乏，只是看着一颗颗璀璨的小星星，镶嵌在黑色天空一闪一闪。明天太阳依旧从东方海面上升起。

2023年12月12日凌晨神州半岛泰悦居

寻找渔民

凌晨3点左右，被渔民出海的小船的"突突"声叫醒。如果没有船声，我反而不适应，渔民为什么夜里出海？中午补觉半小时，醒来想着去哪里找小渔村。30年前，我去过儋州的小渔村。好像是过年前，细雨绵绵，小船在微风中轻摇。热心朴实的渔民在船上给我们"打边炉"（涮火锅），把从海里捞上来的海蛎、海胆、带子、石斑鱼、马鲛鱼给我们品尝，还有"龙凤"汤，还有蛇，蛇胆、蛇血放在白酒里分别让贵客喝。让我喝时，我吓得差点跳起来，知道不礼貌也再三婉拒。他们热心给我夹蛇肉，看到麻点的蛇皮，我都不敢看，哪敢吃，平生我最怕蛇。

我学校的同事带着我们环岛一周，说调研，让我熟悉海南。我们每到一个县，当地人听说是大学来的老师，都特别热情。海南人在东坡的影响下，非常尊师重教。

边吃边聊，他们如何过年。杀猪，用猪头祭祖，初一、十五，出海捕鱼放鞭炮，拜妈祖。

他们漫不经心地就讲海南话，为照顾我再讲几句普通话。

现在有时间想小渔村了，还能回到30年前的小渔村吗？

我们住的神州半岛三面环海，一面接陆，面积24平方公里，东依牛岭，南濒浩瀚的南海，西靠老爷海港口，北临东澳港。听说这里有13个海湾，有渔民夜里出海打鱼。

家里的自行车都坏了，买一辆摩托车吧。我们去兴隆镇，本想买一辆电摩托车，都选好了，准备交钱，一问才知道，必须把北京的驾照转过来，办摩托车驾照。太麻烦了，只好买了一辆电动自行车，把车链取掉。充满电可以用100公里，完全可以在半岛上用。

下午2点多，骑着小电动车去半岛外面，大桥边上，老爷山下老爷海，说是内海，我看着像江河。

在渔船边先找到两位年轻小伙，他们在编织渔网。我主动上前打招呼："先生，我住在泰悦居，从北京来，想问问你们打鱼的事。"

小伙子个不高，肌肉线发达，只穿了条短裤。右胳膊二头肌上文了一个锚。

我没话找话："你们是不是半夜两三点钟出海？我能听到渔船轰隆隆的声音。"

小伙子用海南普通话说："是啊，我们是半夜出海，第二天中午回来。"边说边织渔网。

"这么辛苦，收入高吗？"

"不高，我们是一手，把海鲜批发给别人去卖。"

"你们住船上吗？"

"没有，不在这住。"

"你们出海还放鞭炮吗？拜妈祖吗？"

"有时候放。拜妈祖，我祖上从福建过来的。"

他们忙着织破了洞的渔网。我只好说："谢谢，祝你好运！"

又往东方靠海走去。有一位看上去30多岁的妇女,长得聪慧,瘦小精干,在一个简易铁皮搭的小房子里卖海鲜。

我又做了自我介绍,她姓叶,我叫她阿叶。我买些海胆、带子,麻烦她帮我收拾,我不会。她热情又麻利。

我又问:"成家了吗?女人能出海打鱼吗?"

"成家了,我是外县嫁到这里,现在女人可以上船去打鱼,我没有去,我有两个孩子。"

"两个孩子,让我猜猜,一定是两个男孩。"

她情不自禁用手拍打我的肩膀惊呼:"你怎么知道的?"一脸的惊喜,以为我这么神。哈哈!我俩大笑,瞬间拉近了距离,她比我女儿小一岁。

我笑道:"我看你利索又能干,一定生男孩;像我比较'肉',一定生女孩子,我就是女儿。"

心里暗想,不会是为了准备写作,看了一些"萨满文化"的书,别真的被潜移默化了。

阿叶开始喋喋不休倾诉。

我问她:"这里还有渔民住吗?"

她说:"没有。都搬迁了,一家一个人给三四万块钱,每个人30平方米的房子,我们家6口人,分了180平方米。"

我高兴道:"不错哦,这么大的房子,再生一个女儿吧?"

她说:"我俩儿子,老大16岁,和爷爷奶奶一起住,不方便。我喜欢女儿,不敢要,养不起了。我们4个人,包括老人都要打工,一个月总共几千块钱,养活两个孩子,坚决不能生三胎。你几个孩子?"

"我一个孩子,我们那时计划生育,只能生一胎。你应该要两套80平方米的房子就好了。"

"不给!我带你去看我们这还有两间小屋子。"她带我穿过一片小椰树林,看到两间小屋,门前还有一个小鱼塘。阿叶用手指着鱼塘说:"疫情前,我们还能养鱼。"看着她留恋的眼神。

我买了6个海胆,1个12元,带子6元一个。以后就来她家买海鲜。

我对阿叶说:"过两天我来看你。"

海上的夕阳悄悄地落在山边,我希望渔船声此起彼伏,听到它我才能踏实。

2023年12月14日神州半岛泰悦居

游完一千米

今天中午终于游完一千米,这是三年多第一次的好成绩。

中午1点,又去室外游泳池游泳,先试试水,还行。跳入水中游了十个来回,当然每游一百米就站着喘口气。

蓝天、白云,水中有颗五彩缤纷的太阳,水池中间是豆腐块大的蓝色小瓷砖,边上大约60厘米的米色砖,太阳把自己放在蓝色的海洋,米色砖上阳光画出不规则菱形花纹。我蛙泳时,尽量憋住气,欣赏水底的太阳和天然冰菱花。

游到八百米时有点累,怕仰泳忘了,本来基础不牢,又三年没游。我游到岸边,随时准备扶着岸边的石板站起来。想起几年前,学仰泳还是名人教的:"勇敢点!把身体放平,脚划,手上下划。放心我托着你!"她76岁左右,老了还是细眉细眼那么好看,身上有一种力量,她是东北人,看上去像江浙人。说话很有底气,绝对是见过大世面的人,体形健美、偏瘦。她眼神坚毅,教了我两次就会了。她说了声:"别怕!胆子再大一点。"像鱼儿一样游走了。

一位正军级的夫人,80多岁的阿姨对我说:"你知道她是谁吗?"

我迷惑，"不知道！她游得太好了，像专业的。"我边说边摇头。

阿姨目光炯炯有神，说："那当然！当年在主席身边经常游！"

"啊！她是……"我惊诧万分。

真的与普通人的气场不一样，有一种力量感。这是内部的游泳池，虽然大多是老头老太太，但与跳大妈舞的气场就是不一样。

我漂在水面上，天瓦蓝，云朵像雪白的棉花，一朵追赶另一朵，伴随着我走。又想起徐志摩的诗："轻轻地我走了，正如我轻轻地来。我轻轻地招手，作别西天的云彩……悄悄的我走了，正如我悄悄的来。我挥一挥衣袖，不带走一片云彩。"多情、多才、浪漫的志摩先生，一切皆为过眼烟云，能遇到、能欣赏就是福气。

每次看到天空的白云，就想起徐志摩这首诗与他的才情、浪漫，能留世的文学作品，是情思与力量结合的艺术。

我情不自禁自语：冬天在海南过真好。

今天中午是下了决心才来游泳，主要怕水太凉。我重新调整作息时间。中午午休是多年的习惯，睡不着也直直腰。中午饭改十一点半吃，1点下水，真的不凉。下了这样的决心，是我向日本作家村上春树学习的，他是一位非常勤奋的作家。他严格自律，早上晨跑后，读书、写作，无论是在罗马还是在希腊，他都几十年如一日坚持每天跑步。

他的生活如诗，如音乐。他说，若不是迷恋于音乐，他不会成为小说家。《挪威的森林》《1Q84》《世界尽头与冷酷仙境》等小说，大多运用了肖邦、舒伯特、莫扎特、巴赫及捷克音乐作品的旋律。所以读村上春树先生的书如诗、如画、如音乐。

每天跑步、读书、写作，几十年如一日。一个人有所成就，一定是一个能坚持并自律的人。

现在才知道，写长篇小说是个体力活，身体素质很重要。

游完后，走去岛上商业街，到处是小店，椰子鸡、上海小笼包、陕西的"姑娘手"，我进去买了两个肉夹馍，又买了一份大拉皮。游完泳就饿，减肥是不可能了，锻炼恢复体力就是目的。

看到这商业街的繁荣，想起六七年前买这一百平方米的板楼小房子时，全家人反对。生活不方便，没有超市，没有医院。泰悦居更是靠海边，离商业街走路约半小时。我当时犹豫的是万宁离三亚120公里，离海口160公里，每次从京乘飞机4个多小时来，还要坐近2个小时的汽车，当时说环岛建高铁，很方便。

我当时被三面环海并有山丘环绕所吸引，小区里各种热带植物花草，三角梅，蓝、黄、红、白色的花开满草地，绿色植物更多，还有开花的树，紫荆花、木棉花、凤凰树等；"花园洋房"，每栋房子高低不一，错落有致，特别是我喜欢砖红色的小条砖，远看蓝天白云，远山静海裹着砖红色的小房子。美从心底油然而生，这便是我幻想的房子。说是这片楼区由一位泰国人设计，所以叫"泰悦居"。

现在小区，花少了，草黄了，说是缺水。看到清洁员用水冲洗小路，我迷惑为什么不用水浇花草？楼下不远的灯塔成了打卡景点，人来车往，大喇叭叫卖声。

为什么我们"繁荣"就杂乱？繁荣和凑热闹不是一回事。

远山被高楼逐步挡住，在青山上盖房子。

如果只是以利益最大化为标准，美，已经离我们越来越远。

2023年12月16日万宁神州半岛泰悦居

海边的雨天

北京刚下完大雪,冰寒地冻。这云儿伴着冷空气,飘了两三天,来到万宁,昨晚开始细雨霏霏。

今晨,打开阳台门,天,淅淅沥沥下着小雨,细雨如丝,一片阴雨蒙蒙,我刚开始的游泳计划只好暂停,等天晴,等太阳。

人,不是你想干什么就能干什么,起码受天气制约。上午读书,下午练习瑜伽。

风声卷着海浪,后浪推向前浪,白色浪花拍打着沙滩,海岸线从远到近。渔民可以休息,听不见渔船轰鸣的马达声。

望着远海,想起今年夏天在迈阿密南200多公里,Key West(基韦斯特)海明威故居,维多利亚建筑风格,二层白色配黄绿色的房子,被一圈郁郁葱葱的树木草坪环绕。还有一群"白雪"的后代六趾猫,默默守护和讲述海明威的故事。

如果没有海明威,这蓝色的大海、棕榈树与三亚没有什么两样,甚至还没三亚商业繁华。

海明威的一生边当记者边写作;边海钓、打猎边写作;边结婚、离婚边写作。他经历第一次世界大战,眼睛受伤;第二次世界大战期间,当战地记者,经历战争与死亡。他一生疾病缠身,他饱尝人生的磨难，才能有如此厚重的文学作品。我们熟悉的是他的《老人与海》，是他获诺贝尔文学奖的晚年力作。《太阳照常升起》《永别了，武器》等作品也留在世界文学史上。

世界美景很多，走过也就走过。但是如果有人文精神的地方，你始终会回味无穷。

人生如梦，梦如人生。没有梦如何醒来？

人能留在历史长河中的或许是你深刻的思想，优秀的文学、音乐、绘画作品，以及使人类进步的科技成果。而不是挣了多少钱，当了多大官。

中午刷手机，看到北京优秀"70后"作家徐则臣谈小说创作，他说，我们当代中短篇小说不比国外差，甚至还强，长篇小说弱一些。我这些年没有阅读大量的当代外国作家作品，读了几部日本作家的长篇小说。川端康成的《伊豆舞女》《雪国》；太宰治的《人间失格》《晚年》；三岛由纪夫的《金阁寺》；村上春树的《挪威的森林》等。无论是探索人性的脆弱和爱的渴望与复杂，还是探索人与社会的矛盾，不难看出日本作家文化底蕴深厚。

当然，写作可大可小。我的一位医生好友，非常博学，不只是医学博士，还兼修儒、释、道，还会写古诗词。他跟用西医来诠释中医的人相反，他用中医的思想"相生相克"，把人体看作一个"小宇宙"来诠释西医，手术只是手段，治病需要与修心养性相结合，他很了不起。

他给我推荐过一本书，金满慈的《参禅日记》，她退休后在美国生活，经常把每天打坐、修禅的心得体会写信寄给南怀瑾先生，先生必回信指导。我刚读时，觉得老太太在写家务琐事，做饭、带小外孙女，每天挤时间打坐，记录每次不一样的感受。耐着性子读到一半，就放不下此书，一个俗家弟子从练习五分钟、十分钟至一小时到半天。在南怀瑾先生指导下，如何修心、修禅，从禅定到悟道。

合上这本书，我闭上眼睛想，天下任何事最终就是"悟道"。

无论是治病，还是治国。

扯远了。北方的冷空气刮到海南，前两天看到一篇文章说"气候与价格"，我还好笑，今天感到气候变化影响人们生活，怎么会影响价格呢？下雨有下雨的过法，下雪有下雪的过法，它们都很美。

天空阴雨绵绵，屋外的风卷着白色的海浪，风声、浪声。孔子曰："三月不知肉味，不图为乐之至于斯也。"

天下还有什么比读书、听音乐更美妙呢？

2023年12月20日神州半岛泰悦居

看不见的雨

半岛上天阴，阴得透亮，没有乌云，天也没显得阴沉沉的，天空一片银白色。海与天连成一片，此时，天也没那么高，海也没那么远；地面湿漉漉的，看不见雨。又没人浇花，地是湿的，一定下小雨了。还是拿把雨伞去看看椰树和大海，它们是我亲密的朋友。

在小区里看各种热带植物和树。

菩提树，别名思维树，桑科、榕族、榕树，产于广东沿海，喜光、喜高温高湿。美丽异木棉，别名美人树、美丽木棉、丝木棉，木棉科，吉贝属，产自南美洲，喜光而稍耐阴，喜高温多湿气候，略耐旱瘠。老人葵，别名老人树，棕榈科，银棕属，产自美国加州南部，喜欢温暖、温润、向阳的环境，较耐寒。

树种、花草繁盛，椰子树有三角椰子、狐尾椰等，还有大叶紫薇、雅榕、印度榕、龙血树、杨桃、高山榕、吊瓜树、火焰树、紫荆花、莲雾、合欢、凤凰木等，这些树木大多产于非洲、南美洲、中南亚等国和我国的广东地区。

看着这些花草树木，想起遥远的梭罗，他从哈佛大学毕业，就在瓦尔登湖旁边，自己动手盖了一间小木屋，他竟然认识了三千多种植物。今年夏天去波士顿，我去了两次瓦尔登湖，是为了寻找梭罗，那天，也是在夏日的小雨中……

前些年这小区像一个小植物园，各种奇花异草，这两年逐渐凋落。我问为什么小草黄了，花也少了，树木凋零？管理人员说是因夏季高温干旱，缺水。这些树木、花草靠天喝水。海边可能是缺淡水吧。

前两天，看到管理人员用水洗干净的小路，我忍不住说："路面没沙、没土，用水浇花草吧，它们快渴死了。"她们专心洗地，没理我，一定想我多事，我只好无奈地走开。

今天，细雨绵绵，看不见雨，针尖麦芒似的雨落在脸上，落在身上，衣服湿乎乎的。走了一半，又看见管理人员在洗地，我真的百思不得其解。惊问："下雨天还洗地？"声音比较大。师傅说："老板让洗干净地，太难看了！"我不解，老板让洗地，一定不是让下雨天洗。

难道是我脑子出现幻象？为了了解一些上古时代的文化背景，近日来读了一些原始宗教文化的书和少数民族习俗。如《萨满的神话》，萨满教认为树是有神灵的，万物有灵，万事皆知，万事和谐和灵魂考验等。又读了《霍桑的希腊神话》，从古希腊、古罗马到文艺复兴，再到现世，各路神灵混迹于希腊先民人群里，被作家们赋予不同的面孔和神情。看了《点金术》《三个金苹果》等，希腊先民生活在一个无法区分现实和梦幻的年代。

我国也有"女娲补天""夸父追日""精卫填海""羿射九日"等神话。

或许，自己陷入了神话世界。

下雨天洗地，就像我看到过的下雨天洒水车洒水一样。

再过两天,我们将要向2023年告别,它将留在我们的记忆里,留在历史的长河中。

这,又是一年的告别,让我们学会告别与成长。

"林花谢了春红,太匆匆。无奈朝来寒雨,晚来风。"李煜的《相见欢·林花谢了春红》。

我沿着海边,拥着看不见的细雨,看不见的雨罕见,但它确实存在。

它不是雾,就是雨,只是太匆匆。

2023年12月29日神州半岛泰悦居

文学的远行

风大浪大，海南在冷空气影响下，也很冷，出门要穿羽绒服，只好待在家里读书。

前两天，刷手机看到朱自清散文奖获奖者、浙江女作家苏沧桑的《纸上》，迅速在网上买了一本。连日细读，文笔细腻、优雅、温婉，像浙江姑娘穿着白色汉服，打着油纸伞，轻盈飘逸在西湖岸边。

她写《春蚕》《纸上》《跟着戏班去流浪》《与茶》《牧蜂图》《冬酿》《船娘》。

她试图对那些正在远去的劳作方式、正在经历时代巨变的人心，进行活化石解构，深挖中华优秀传统文化精髓，让我们感受始终萦绕在人类文明之河上古老而丰盈的元气。

我觉得此书更像是散文体短篇小说集。

看到这，想起上个月在京时读过意大利作家卡尔维诺的小说《看不见的城市》，作者写了55个不同城市的故事。城市真正的魅力在于它的包容、柔软及吸纳。

《看不见的城市》的历史背景带出真实存在过的两座城市：忽必烈帝国的都城大都和马可·波罗的家乡威尼斯。这两座城市的对峙，显示了城市作为地理空间、社会空间和文化空间不同的价值。

卡尔维诺在《看不见的城市》里用古代使者的口吻对城市进行了现代性的描述。连绵的城市无限地扩张，城市规模远远超出了人类的感受能力，这样的城市已经成为一个无法控制的怪物了。这就是后工业社会中异化了的城市状态，而这种状况会一直恶性循环下去。

西方作家思想穿透力强。这本书定为中篇小说，我倒觉得更像是散文、随笔集。

无论是小说还是散文，文学走了那么远的路，到底是为了什么？

卡尔维诺说："It was to slough off a burden of nostalgia that you went so far away."（你走了那么远的路，只是为了摆脱怀旧的负重）

……

2023年12月22日神州半岛泰悦居。冬至，很冷

把"根"留住

"比如再过50年，全世界最有影响力的100个智能体里面，也许只有20个会是人类，剩下80个都是AI。最后人类和AI一定是融合，而不是控制。"摘自凯文·凯利《5000天后的世界》。

如果50年后，80个都是AI，中文版AI应该占30个。

让我们的语言、文字、文化、人文精神流传，无论科技怎么现代化，也要把"根"留住，我们中华文明才不会消失。

科技现代化，用好了使人类进步，如医学、医药、算力等；用不好是反动的，如拿着核武器侵略别国。现在的"游戏"，某种程度上来说是"新的精神鸦片"，小孩、大人都迷恋其中。只要打开电脑，各种五花八门的游戏就跳出来，谁想玩，就自己进游戏网玩。

哪有时间读书？把时间、生命浪费在虚幻之中。

感谢朋友圈能有高质量的文章！扩大视野和思考。各行各业有前沿研究、知识性文章可以启迪思维方式。现在智能AI，世界语言模式，主要以英语为主导。如果简单"搬运"，会失去中国的语言、文字及文化。我们应该抓紧借鉴、研究自己的语言、文字，输入儒、释、道传统文化，不因AI丢失自己的文化。

2023年12月23日神州半岛泰悦居

海派文学的一朵"繁花"

晚上是追剧的时间,也是最快乐的时光。

近日火爆的《繁花》由王家卫导演,小说原著是金宇澄。

刚看前几集,感觉是回到老上海,音乐、背景都有点闹。连着看下去,觉得:王导用拍电影的手法,不知是蒙太奇还是什么,但是他对"光"的运用,的确是闪亮出艺术魅力。

上海黄河路的夜景,霓虹灯闪烁的光隐约折射在小石板路上。阿宝(胡歌饰),玲子(马伊琍饰),李李(辛芷蕾饰),汪明珠(唐嫣饰),每个人物,都是通过打在他们脸上各种不同角度的"光",雕刻人物的立体艺术造型。不难看出编导的二次创作的成功,使人物在"光"下活灵活现。

早在20世纪30年代,从沈从文开始引发了京派与海派文学的大讨论。也就是写实小说与抒情小说之分,海派文学也叫鸳鸯蝴蝶派。现在看来,我认为有点简单。

海派文学往上追溯有:曹雪芹的《红楼梦》,张爱玲的《倾城之恋》,还有留下4000多万字小说的张恨水,代表作《啼笑因缘》。茅盾的《子夜》,以及张资平、施蛰存等;延伸至当今的王安忆的《长恨歌》等,这些作品都有写实也有抒情。他们只是用不同的语言描述了生活在"大上海"的男男女女的生活及爱情。清末才子佳人小说、"五四"后的新才子佳人小说、上海滩资产阶级、小资产阶级生活方式和审美趣味对海派小说的形成都有影响。

他们生活在洋行、洋楼、海关、银行、夜总会、石库门、公司、邮政、铁路及航运的大背景中,生活、时代造就了海派作家的艺术情趣和独特的审美风格。他们写不出大漠的苍凉,但是他们能写出上海人的"小资"及繁杂的商业文化的生活模式,他们不是靠秀肌肉,他们用男女哼哼唧唧的口吻,情深意长的缠绵,写出了另外一种生命中不能承受之轻的漂泊。

海派作家对生命的理解、感悟并不比北方或者京派作家差,只是他们娴熟地掌握并通过文学创作出有活力、有情怀、从黄浦江边轻盈走来的上海人形象。

人们常说上海人"精明",我倒认为他们活得"精致"。

2023年9月,好友推荐我去看金宇澄在北京南池子美术馆办的个人画展,《繁花——金宇澄个展》,小而精致,小巧玲珑。她说,故宫旁的小江南,大隐于市。金宇澄的画令人恍入江南,"含沪量超高"。展览为京城庭院悄然派送了一份海派文化的温婉与隽秀,小说《繁花》更是好看。

我孤陋寡闻,真不知道金宇澄是谁。

看了电视剧《繁花》,急忙在网上购书。

今晨在海边散步,走去物业寻《繁花》到了没,这里快递不送上门。

海风拂面,这里的海与上海完全不同。我用力把目光集中寻找贝壳,几年前我每次海边散步,手中拿一个袋子,准备装贝壳。

这次来，没有贝壳，心里纳闷贝壳都去哪儿了？

今天奇妙，海边沙滩有贝壳了，但大多都被"沙滩车"碾碎了，一片碎贝壳在阳光下闪闪发亮。

看着可惜，我在车轱辘印中间找到了一些没被碾碎的贝壳，这些在车轱辘下幸存的贝壳，让我想起前些年有一篇报道，3岁小男孩在汽车轱辘中一动不动，侥幸活了下来。

贝壳在我的面前仿佛是活的生命，我不停地弯腰捡起，把沾满沙子的贝壳放在外衣两个口袋，怕错过了它们。

人生何不如此？历史的车轮，时间的车轮，人性的车轮，看你生长在哪里。

2024年1月4日神州半岛泰悦居

海边的闲暇

每走进一个城市，城市的建筑和绿化首先进入眼帘，其次就是内容。城市的历史与文化，有什么不同与特色给你带来无尽的遐想。

北京的四合院，上海的老洋楼，各种20世纪30年代的大饭店……能感受老年爵士舞，领略外滩的"洋味"，走进近现代资本史，也能感受上海特殊的历史文化与底蕴。石库门，江南的小桥流水人家等，都让人流连忘返。

我们这个小区有公寓楼也有独栋别墅，东南亚建筑风格被亚热带植物环抱。北面靠内海有私家小码头，私人游艇，可以出海，但大多是长年空着，我从不去猜想房子为什么是空的。"君子爱财，取之有道"。钱靠自己的辛劳赚得，从正道而来，都值得尊重。

我从不羡慕妒忌别人穿名牌、开豪车、住别墅；我羡慕才华横溢，人品好，会运动，特别是家教、家风好，把孩子教育成品学兼优的人。

我们这里还是有点特色：海洋与内海连接，山与海连接。砖红色的瓦房隐藏在椰树下，墙边的芭蕉树，蓝天下的紫荆花、木棉花，还有凤凰木，都是树上开花，直入云霄。

上午，大姐送来了少见的"三苏"菜，让我尝个鲜，我第一次听说。大姐说"三苏"就是苏洵、苏轼、苏辙宋代三位大文豪。

我对"三苏"菜肃然起敬，亲自洗菜并烹饪。神奇的是拿出菜像一盆花，泡在水里花心自动打开。用蒜蓉炒"三苏"，一盘清脆绿色菜，极为爽口。

比起东北的酸菜氽白肉，内蒙古的手抓羊肉，北京的炒肝，上海的排骨炒年糕，杭州的西湖醋鱼，苏州的沈万三肘子，广州的老火靓汤等，都比"三苏"菜名气大，但只有"三苏"菜让人素心。

蓝天白云下，碧波荡漾的蓝色海洋岸边，海风椰树中砖红色的瓦房，最美的半岛。

在夕阳映红的海面边散步，在有趣的生活中静静老去，是幸福的人。

2024年1月6日神州半岛泰悦居

与文学人类学专家叶舒宪教授关于 Sora 的对话

叶先生：龙年伊始，虚拟现实的革命浪潮就扑面而来了。日本动漫的一个虚拟人物Sora，给影视业和教育界带来颠覆性的挑战。记住这个日子，2024年2月16日。龙年的初七，本是中国的人日（人类诞生纪念日），古人会登高赋诗。如今成为虚拟人Sora的生日，巧合吗？

张：叶老师过年好，视频打不开。芯片都植入人脑了，您研究的文化元宇宙咋整？

叶先生：搜Sora，炸裂消息铺天盖地。有人在计算多少行业，面临失业；有人计算最有利润的新产业方向，也有人为此诅咒万恶的资本主义，让看列宁《帝国主义是垂死的资本主义》（1915）；保罗·若里翁《垂死的资本主义》（2009）；《最后走的人关灯》（中译本，2023）。

张：叶老师，资本主义将要垂死了吗？我去买《最后走的人关灯》有诗意的书名。谢谢叶老师！

叶先生：好啊，当国人还沉浸在龙年舞龙的幻梦时分。

叶先生：对付危机感，抬出老祖宗的虚拟生物吧！

张：这个东西对人类社会有多大影响？

叶先生：如今有发言权的，英伟达的黄总"以后计算机不用学了，希望在'人类生物学'"。

张：叶老师，人类生物学与人类学的关系；还有人研究从人类基因学改变，有点可怕。

叶先生：黄总是当今世界上出卖最强大芯片的，他说的人类生物学，或专指脑机接口一类算力学吧。一孔之见。

张：AI这个倍速发展，人是否最终都异化成机器人或者半个机器人？

叶先生：有人调侃黄总的高论，戏称：道家养生学才是经典的"人类生物学"，也提供未来生物学的攻坚方向——永生不死。

张：叶老师，都变成机器人相对永生不死，再被另一个怪物吃掉，人类最终的命运是自己结束自己，他们就是最后关灯的人。

张：我还是不懂啊，这个Sora是不是一句话就可以做一个精美视频，那就是可以语言和景象转换了。

叶先生：就是这意思。

张：我的天啊！咱们咋办？叶老师，如何抬出老祖宗的虚拟生物？您快研究？咱们不能落后啊！

叶先生：中国的虚拟传统，是自得其乐的，不为利润。是万恶的资本主义，突然觉悟到虚拟是最能赚钱的方向，带偏了。

张：叶老师，因为中国的传统文化中不善经商，从不以赚钱为目的。咱们还能正过来吗？

叶先生：看看中国人的房顶，就明白了，有几个是现实的动物？

张：叶老师，太美了！我们老祖宗创造的虚拟世界，让别人成为发财之道，或者引领改变世界的方式，咱们该怎么办？

2024年2月17日下午龙年初八

与叶舒宪、张三夕、闫广林教授关于 AI（Artificialintelligence）的对话

叶先生：谷歌和Open都赶在中国的人日发布产品，不知出于何种考量。结果呢，男性版完败，女神版完胜。

（留意话筒下面的英文字，太滑稽）

张：叶老师，或许是巧合，老外知道正月农历初七是女娲创世的人不多。

（还是女娲厉害，阴盛阳衰哈哈）

叶先生：哲学意义上的无中生有。神话意义上的人人皆可为上帝。

张：叶老师，问题是哲学意义上的这个"人"，还是那个"人"吗？哲学不存在了。还是佛教的"无我"相对永恒。

叶先生：如果让各位大咖只用三个字表态，那我要说的是要有光（视听的世界对人类而言更真实，视觉的条件是光）！

叶先生：在代表旧影视工业的好莱坞废墟上，新的AIGC女神产业破土动工啦。

叶先生：活，久，见。请各位给出自己的仨字。算是民调。

张：什么活久见，就是活见鬼！哈哈！好莱坞已经改了？这东西不亚于"文艺复兴"。

叶先生：不久后，人人在家里就能生产自己的《阿凡达》了。

张：人的肉体五脏六腑零件，都换完了，灵魂不可能依附在钢铁"机器人"上，所以"活"也不存在了。看来不是哲学引领、改变一切，是科学。科学家还寻找神学吗？人被异化、灭绝。是坚持"本我"，还是向钢铁侠投降？他们这么"变"，是促进人类文明进步？还是"拜金"主义的产物？金钱利益的最大化。西方人猎奇，进一步的"变性人"？就像西方人，有人与动物结合。我还没想明白呢。

叶先生：不断学习，会明白的。去看这本书。

张：叶老师，我去买这本书看看。《一千年之后的人类与机器人》。目前看，只能把它当成更先进的生产工具。

三夕先生：回答叶大咖的三字箴言——天行健。

张：哈哈！赞成三夕老师！我又想说"道法自然"四个字。

叶先生：工具说的反驳来啦，这年轻人眼光老辣。

张：我现在海边散步，它有本事把大海变成真的高山，把高山变大海。它只是模拟得很像，但它只是先进的科技工具。再像也是假的，假的真不了。

三夕先生：天行健有两层含义，一是，君子以自强不息，跟上这一波AI技术革命；二是，还有一个超自然的"天"或"道"，可能最终制约AI的反人类行为。

叶先生：容易理解为：天不变道亦不变。

三夕先生：宇宙间可能有一个超人类的不变的"天"或"道"，也许只有它能最终制约AI反人类趋势。

张：坚决同意三夕老师意见！AI就是反人类，它们为了赚钱。

三夕先生：AI有反人类的趋势，它同时也是人类最强大的工具。它正在重塑人与世界的关系。

广林先生：末世绘！

现在是机器人为人类服务，将来是人类为机器人服务。

张：西方人太自由了，有些人太空虚了，造出"怪物"，最终使人类灭绝。

张：广林老师，这样发展下去，机器人会反控人类。

三夕先生：末世绘，也是回答舒宪兄提问的较好的三字箴言。

叶先生：以色列打加沙，全靠人工智能定位。

三夕先生：人工智能定位系统也在帮助乌克兰打俄罗斯。

叶先生：末世，稍负面了。

张：叶老师，用您对老祖宗虚拟世界的研究，比如"八仙过海"等，我们去找AI团队，老外一定傻了，你们玩的虚拟世界，我们古代就玩过了。大赚一把。哈哈！

叶先生：价值中立的三字"格式化"。

张：叶老师，它就是更先进的技术工具，用于军事、科技是先进的。它必定是工具，代替不了人文科学。

张：从审美来说，我更喜欢小外孙女画的画，也不喜欢它的视频，因为机器人永远不会有人的感情。

张：人工智能人最后自己"繁殖自己"（制造自己）真的是末世绘。

三夕先生："格式化"三个字，好像还不足以概括AI的革命性或颠覆性。

张：赞同三夕先生，我们应该从它的革命性和颠覆性去思考。

张：广林老师，北京有的医院已经用机器人做手术了。

叶先生：高人啊，是数字人吗？

叶先生：事关大国博弈格局的前瞻与忧虑。中国梦和美国梦。

张：叶老师，科技目前还是有差距，可能某些领域差距较大。以后最好用机器人打仗。AI就是人类利用的更先进的工具。但最终它不能改变人类，先定"法律"制约。否则它将成为又一个"核武器"。

三夕先生：美国人的Chatgpt军用版功能十分强大，可以分析战争的各种形态、力量对比、应对策略、战争走向。这一波AI技术革命冲击力很大。

张：文化差异，两国的"梦"不太一样，我们的"梦"都比较浪漫诗意，庄周梦蝶等；美国人从"我有一个梦"直接赋予行动，不断挑战自我，好像不创新就不是人似的，西方的逻辑哲学对他们发展科技的确占一定优势。

广林先生：上帝按照自己的形象创造出人类，圣容的人类非但没有圣灵反而欲望横生，即所谓的原罪，即使被逐出伊甸园，即使经历洪水惩罚也不知悔改，幸亏神子耶稣以自己的血肉之身换得上帝的宽恕，但如若人类不控制欲望，不再赎罪，还会受到上帝的惩罚……

张：谢谢各位老师！特别感谢叶老师，否则我什么都不知道，被时代抛弃，受教了。

叶先生：不客气，大家一起学习。

广林先生：理性主义和人文关怀，是西方近现代社会发展的交替进行，此起彼伏的两大主线，没有"我思故我在"的理性就没有科学，没有文明进步，但理性的极端发展，就会引发人文担忧乃至恐惧，人为什么活着，人怎么活着，人到哪里活着，继续在现实世界还是投奔虚拟，就会呼唤人文关怀乃至拯救，发出无所适从的末世感叹，看不见的手，能否帮助人工智能狂潮，走出历史怪圈，化解理想冲突？告诉我们应该遵循什么规则而生活？一点感想。

张：我们面对AI的科学技术革命必须面对和接受挑战。《三体》中讲的"物理学不存在了"应该是原有的物理学概念，这场人类AI革命也是物理力学等跨科学研究领域的重大综合科学技术革命；如果最终细胞不能创新制造出新细胞，人工智能机器人彻底改变人类是不太可能；目前AI还是人类创造出的更先进的生产工具，促使人类重新去寻找探索认识这个世界的本质。也就是三夕老师说的"人与世界的关系"。AI普遍运用后，寻找懂"琴棋书画"的人难，机器人需要不断输入人类的新思想，它只停留在"模拟"，只要无法输入人的神经细胞，它永远不会产生思想。所以人只有不断创新思想和哲学，才能立于不败之地。对机器人的控制必须先"立法"。

每次科学技术的进步就是解放劳动力，代替旧的生产工具，所以使用落后生产工具的人必将失业。只是这个速度发展、淘汰人，人是否能接受。人是否会反抗？人与机器人的矛盾与斗争，慢慢想。目前看AI用于军事、科技、医疗的先进优势，但对于人类生活方式、命运的影响还是有一定负面作用。人们会进入更加机器化的状态，仿佛安装AI的"发动机"，我们的"田园生活"被声光电替代，关于AI我们应该继续关注和加速思考。我们必须面对迎接改变人类命运的AI挑战？百年大变局，我们将何去何从，这是每个知识分子必须面对的新课题。

再次感谢各位教授！

2024年2月18日神州半岛泰悦居

游美小记

启程

十三年没有出国，盼退休旅游，又赶上三年疫情。

经过两个多月的准备，我们终于在2023年5月21日下午2点55分登上国航CA987航班飞往美国洛杉矶机场，停留三个半小时再飞奥兰多与我久别可爱的外孙安、康团聚。这是他们长这么大，第一次离开我这么长时间。还好，他俩很懂事，每天早晨，他们吃过晚饭就和我视频，然后再洗澡睡觉。

与他俩聊天是我一天最快乐的事，安安经常告诉我她读了什么书；她设计服装，裁剪制作成衣服，学校老师表扬她："谁说中国教育不好，你们看Emma就很优秀。"说时，她张嘴大笑，笑得那么灿烂、得意。又比如说，康康的学校周末活动，其中一项是用筷子夹小圆球，她说："美国孩子用两只手夹，我和弟弟一会儿就夹完了。"举着战利品两个小熊让我看。

我说："以后有中国人的强项，你手下留情，给其他同学留有机会。"

她又说："姥姥你不懂，他们的强项，橄榄球比赛时也不让我，这是竞争。"

我还是说："做事还是要留有余地，不要做太绝。"

每次视频我都不舍结束,让安或者康挂断。

从此,他们远离我,我只期盼视频千万不能中断,这是我和许多儿孙远在他乡的老人的念想。

说到赴美签证,都是网上申请,我委托旅行社,她们真是专业,填表特别麻烦,父母、哥姐都得写。我只是说全部如实填写,如我上班时的职务、党员身份等。

没想到网上申报后没两天,很快约了面签,4月26日上午八点半,我按旅行社说的8点到。已经排了长长的队,我担心一个上午能不能签完。旁边签过的人说:"他们很快,几分钟一位。"走进美国在北京安家楼的使馆,简洁、有序,事前通知不能带手机和电子设备,不能带包,材料必须装在透明的塑料袋中。排队约两个小时,进入大厅走廊,灰色水泥大柱子上用中文写着"欢迎中国学生"几个大字,我笑着说:"我们老了,不受人欢迎。"哈哈!

我拿着准备好的材料,有房本,证明我在北京有房,还有十几年前去英、法、德、意、芬兰、奥地利、希腊、西班牙等国家的照片及女儿的邀请信等,在一楼窗口留过指纹,上二楼排队,有6个窗口,我排到第5窗口。一位看上去三十多岁、个子不高的白人签证官,接过我的护照和材料,迅速地对照电脑里的资料,问我:"出过国吗?"我说我是阿肯色州科技大学教育学硕士呀,他微笑说"其他国家",我边说边拿照片让他看,他说:"我不看了。"我说:"看吧!"他又摇头不看。

站在身边的老伴急了:"人家不看!"他忘了进来前,我对他的叮嘱:"我说话,你不要插嘴,即使我讲错了,也别纠正。"我没理会他。

很快,签证官微笑道:"你们允许了,美国欢迎你们。"他有礼貌，很友善。

我用蹩脚的英语说："Thank you! I can reunite with my daughter and grandchildren."（"谢谢！我可以与我的女儿和外孙团聚了。"）

我心想，我去过许多国家，并且年轻时在美国上过学，虽然不是名校，也是美国教育部的高校。当时硕士毕业就给了工作卡，我都没留下。女儿的选择我不能左右，我自己还是明白的。

我不让老伴讲话是有理由的，中西文化差异很大，再加上彼此对对方的语言并不是很熟练，讲不好，会误解。

中国文化是眼见为实，西方文化是眼见为虚，你看到未必是真的，要追问背后的"存在"。

20世纪90年代初我上中国哲学史研究生时，陈家琪先生给我们讲西方哲学，他就用西哲逻辑讲，用手拍着桌子："你看到的课桌未必是课桌，要追问存在，Being（英语），Sein（德语）。"陈家琪先生是国内研究西方哲学的大家，用德语，因为西方哲学大多起源于德国。

我至今没搞明白他讲的"存在"，明明我看到的就是课桌。

有人翻译"Being"是"是"的意思，那就是"课桌是什么"？有人翻译说，"exist"才是"存在"。对一个单词翻译理解都不一样，何况不同的文化。

在汉语中，"存"与"在"连用，组成"存在"。其中"存"代表一种空间上的"有"，如储存、寄存、心存；"在"则指占有某个空间位置，如留在、在于等。两个字含义相近，其组成的"存在"则表达"有着""在空间之中"的含义。

《说文解字》中这样解释："是，直也。从日、正。"汉字"是"

由一个"日"和一个"正"组成的,最早的含义是指正午的太阳,因为其与地平线呈水平九十度夹角,笔直、明亮,因而被引申为"直""正确"。在现代汉语中,"是"被赋予了系词的含义,即联系两种事物,表明两者同一或后者说明了前者的某种属性。比如"北京是中国的首都""苏格拉底是人"等,总之一两句也解释不清中西语言、文化的差异。

一个是五千年古老灿烂文明的东方大国,有着伟大谦卑的性格,八亿人刚摆脱贫困的发展中大国;一个是有246年历史的西方年轻的现代化且科技、金融、军事发达大国,快速成功培养了他们的自信,有时也会任性。两国更应该加强民间交流、文化交流,取长补短。

文化交流让我们彼此加强理解,经贸交流相互获利,所有的交流都包含着思想的碰撞。

安知道我买好了机票,发微信问我:"姥姥,这里的画笔、衣服很贵,你可以在国内买些帮我带来吗?"

我说:"好啊!你选好发给我。"

我在电商平台买了她要的JK童裙,一套56元人民币,我买了一套画笔一箱子约一百支,168元人民币。

中国的人工费用还是便宜。中国人厚道善良,是文化里固有的伟大谦卑,"礼乐"文化深入人心,大多是教育人礼让,竞争的意识不是那么强烈。

这次能顺利成行,我感谢善良的人们,包括友善、专业、年轻、帅气的美使馆非移民签证处的签证官,促成我们亲人团聚。

在首都机场国际航站楼候机,望着大落地玻璃窗外的天空,窗外一架架准备起飞的飞机,不知道下个时辰飞向哪里?但一定是远方。我思绪万千,想到我国古代传说,有个叫"混沌"的人,他没有眼、鼻、耳、舌，给人们打开七窍时，他只能牺牲自我。我国无数先贤不都是这样，为了使人"开窍"，牺牲自我，使我们这个民族生生不息。

　　出门带书是我多年的习惯，为了有意思地旅行，买了十几本国内外大家写的随笔集伴随我。可是有的书又大又厚，有的距今太久远，飞到洛杉矶12个多小时，读随笔有点清淡，选来挑去还是选了20世纪80年代读过的米兰·昆德拉的《生命中不能承受之轻》。上海译文出版社最新翻译的《不能承受的生命之轻》内容比以前好，更接近中文阅读习惯，流畅易懂。这部小说至今让我感到眩目而又困惑，它让我感受到思想深刻的一部经典文学作品。一个中年男人"背对历史，背对着自己所有的戏剧人生，背对着自己的命运"。通过作品构成一个图景系统，牧歌式的向往，牧歌式的英雄，牧歌式的信仰，牧歌式的爱情与生活，构成另一种范式，建立在悖论式的"反牧歌之牧歌"的东西之上，对牧歌式生活和向往进行深刻反思。

　　生命中的轻与重，一般人讲不清楚。米兰·昆德拉这位伟大的作家，写出了当时捷克知识分子的选择。

　　飞机将要起飞，盼望家人团聚，也恋恋不舍友人，性情中人就是这样，既要亲情也离不开友情，不知道ChatGpt是否能有思念功能，我可以开启思念模式。

　　人与人工智能最本质的不同就是：人有真情。人类之所以能战胜一切艰难险阻，或许也是因为真情，人类的历史就是"用情和真情"书写的。历经沧桑与曲折，最终回归到"仁爱"。

　　我将开启亲情、文化之旅，把我的感受分享给我的朋友们。

2023年5月21日下午首都机场

旅途和终点

在首都机场换登机牌时,柜台服务员告诉我,我被美国随机抽调作为检查对象。去美国要特别检查,她给我看机票右上角打印着"SSSS",我感到惊讶,真是中"大奖"了,我从小连个电影票、自行车票都没抽到过。作为特别调查对象,我没有经验。

据说是每个飞机都有十几个人被随机抽取作为检查对象。我担心到美国还不知被怎么刁难呢。还好,反正我堂堂正正,我这个烂英语,怕讲错了,形成误解,我想好了,就说:"I can't speak English."(我不会讲英语),需要翻译。

出了我国海关,坐快车到登机口,我被叫到旁边特别抽查,包重新安检,用试纸检测手心手背,脱鞋测鞋,我问为什么?安保人员说,受美方委托,中国人真的认真。

上了飞机后,我的左边刚好是一位66岁的大姐,去奥兰多看外孙,右边是一个从陕西来的60多岁的妇女,后排有个75岁左右的妇女,白发苍苍,但很精瘦,也是去洛杉矶帮女儿带外孙的。

他们大多每年来回跑,美国的签证是半年,不能超过半年。中国父母想尽办法,有的是老夫妻两个人轮流,一个上半年,一个下半年;有的是亲家母轮流,一人去半年带孙子。我看到这些退了休的老年妇女这样辛苦，体会到为母则刚。经济舱座位很狭窄，腿都伸不开，而且大多数要经过12个小时的飞行，到了洛杉矶后再转机。绕过半个地球，跨过太平洋带孙儿，中国妈妈的胸怀、母爱超越了一切政治。这在美国也是一景，美国父母们觉得不可思议，孩子18岁独立，上大学可以有低息的教育贷款，工作后慢慢还。这也是中西文化不同的一个方面。

给中国老人签证，美国政府在这点比较通情达理，多数给旅游探亲签证，6个月。

再次脚踏上28年前去过的洛杉矶机场，机场老旧，还是水磨石的地板，大厅挑高也就五六米。相比之下北京大兴国际机场的确是当代精品，关键是方便，从哪个方向去都不会太远。

从世界各地飞美国的人很多，我身边有许多中东人。入关排队人很多，要入关海关检查。我换好了唐装，心想我中华的后代不卑不亢。排了大约一小时，终于排到我，面前是一个三十七八岁的年轻签证官，看上去是黑人、白人混血，棕色皮肤，高大魁梧。他看着我，不像刚才那么严肃，腼腆微笑着露出洁白的牙齿，给旁边的人说，我非常喜欢她的衣服，这时我已听懂，我说："我的衣服是正宗的唐装，这花儿都是人工绣的，不是机器绣的。"他和蔼可亲微笑着问我："来美国干什么？"我说："看女儿和外孙女呀。"他又让我录了手指指纹，又问我带没带水果什么的，我说没有。又问我带了多少现金，我说带了1万美元，他又说1万整吗？我说或许多了不到1000美元，他顺利地让我过关。我不知道是什么原因，可能是因为我漂亮的唐装，他忘了对我要特别抽查的事。我再一次感受到，是民族的，才是世界的。我们的戏曲要保留一些传统老戏，全世界的人都会追着看，因为它本身就是经典的"文化品牌"。

好友告诉我，现在外国流行的现代剧，其实是学梅兰芳的，自从梅兰芳去欧美巡演后，西方开始打破莎士比亚的戏剧传统，学习梅兰芳创造"现代剧"。他还说，世界大同。不是先把自己的世界消灭了，让别人来大同我们。

越是民族的越有生命力。

过美国海关后，取行李，出B口，再走一段路，找达美航空公司，再在机器上自动托运行李、取飞往奥兰多的机票。

登上达美航空飞往奥兰多的飞机，空姐服务周到，她看上去很高，健美的身材，像希腊或意大利人的后裔，五官线条分明，高鼻大眼，眼窝深陷，服务非常好。她问我喝什么，我说喝热水，她不时地给我加热水。她始终露出友好的笑容，不停地问我喝什么。吃饭时她详细介绍每道菜，我只能听懂一半。不难看出她对我的尊重。我捧着一本狄更斯的《游美札记》，此书记录了1842年狄更斯的游美历程，逐一记录了他的经历、见闻和观感。

我回头一看，中型飞机上只有我一个人在读书，大多在看电视。我不是装样子，时差闹得我昏昏沉沉，无法睡觉，再加上飞机轰鸣声，只好戴着耳机，声音很小地听古典音乐。很想知道，狄更斯百年前是如何了解美国人的家居生活及美国社会，还有"废除奴隶制"的过程的。

无论二百多年来美国经历了什么，美国人民是热情友好的。

出了机场，我的亲戚来接我，还好有他们来接，离开北京20多个小时，这时候我已经颠三倒四，因为美国每个州都有时差，洛杉矶到奥兰多也有三个小时的时差，奥兰多机场时间是夜里十一点半。他们接上我，汽车在高速公路上行驶，夜里奥兰多一片空阔，路灯昏暗，高速路两边是绿色的原野，无限的辽阔，一片夜的宁静，向远方延伸。

开了大约50分钟的车程，我终于到了女儿的家，女儿他们已熟睡，给我留了门和夜灯，并且为我准备了房间和没有香味的洗漱用品。

女儿安于现状，不争强好胜，喜欢独处，她与我性格不同，此时也给我带来久别的温暖，安、康已进入甜美的梦乡。

2023年5月23日夜奥兰多Lake Mary

美丽的奥兰多

奥兰多（Orlando）是美国佛罗里达州中部城市，位处一沼泽地。人口约230万，属副热带湿润气候，终年暖和，雨热同季；年平均温度25℃，全年平均晴天超过300天，享有"阳光城"的美誉，是全球最大最著名的宜居城市和美国最为蓬勃发展的城市之一。

奥兰多湖泊众多，有"千湖之城的美誉"，是健行、露营、水上活动的胜地。迪士尼环球影城、冒险岛乐园、海洋世界等景观，造就了它全球顶尖的观光地位；除此之外，该城市还拥有众多的展览馆、博物馆和世界名牌聚集的购物场所，是名副其实的旅游度假天堂。

女儿居住在奥兰多的地方周围都是湖。这里的房子是独栋的，没有围栏，用草坪和树木形成自然的院落。房子很有特色，一家一个样子，没有二层楼。女儿的房子是一个平层，有四室，像四叶草，一个客厅加开放式的厨房，当得知我来，安安、康康把自己的房间腾了出来。卧室房间约10平方米，房子不大但很温馨。我们俩一人一间，我睡眠差，已习惯了不受干扰的睡眠环境。

第二天清晨起来，当我看到安安为我腾出了她的五斗橱柜，上面写着姥姥可以用，非常感动。安安很细心，很聪明，做事周到。

早上上学前,她给我介绍了这个屋子的灯在哪里,充电器在哪里等,确实是我的贴心小棉袄。

忙着给安安、康康做完早餐,我便去院子里散步。这里四周都是湖畔,或者是湿地,房子围着湖边而建。人很难走到湖边,湖边用小房子自然围挡了起来。院子里宽阔,种了许多玉兰树和我不认识的树种,但很少有鲜花,或许是为了防止花粉过敏,听说美国花粉过敏的人很多。四处都是绿色的草坪。鹤悠闲地过来找食吃,还有小松鼠满马路散步。邻居告诉女儿,这里曾经还有熊出没,让安安、康康小心,万一遇上熊不要惊到它,轻轻慢慢地后退。

奥兰多的气候和地理环境很像海南,海南规划好、建设好会更美,海南有山有海,有起伏,城市会有动感。如果能与佛罗里达结为友好城市,可以学习其他城市的管理经验。

我漫步在奥兰多Lake Mary的小区。非常安静,这里的空气清新湿润,没有海南岛那么炎热,阳光也没那么强烈,说是副亚热带气候。早晚,特别是雨后,清凉的小风特别舒适,适合人居住。透明的天空,清澈的湖水,映衬着一座座房子,好似大自然的湖畔油画。这里的房屋隐掩在草坪和绿树中,只见车不见人,车也很少,我来了几天,早上散步偶尔遇见一两个老人,他们非常有礼貌,每次路过都会跟我主动打招呼,"早上好!"没有任何喧哗的声音,我深深体会到,美国地大物博人少。近3亿人口的美国还没有我们的一个零头,这真是不同国情之一。

这里像陶渊明所说的世外桃源,安静得似乎空气都要停了下来,看到这些每家建筑风格不一样的房屋,我仿佛到了一个卡通世界。

这里没有公交车更没有地铁，80岁的老人即使拄着拐杖也自己开车去超市。把安安、康康送到学校后，女儿开车带我去华人超市买菜和调料。女儿说这里只有一个亚洲超市，有华人、韩国人、日本人的料理食材。我进去后感到很亲切，中国的老陈醋、薄盐酱油、乌鸡等全部都有，我采购了一大车回去。给安安、康康做中国的饭菜，康康吃不惯西餐，瘦得一把骨头。

这里吃的物价相对美国人的工资是便宜的，但是如果是中国人的工资，这里的物价就比较贵了，一盒有机鸡蛋12.8美元，非有机鸡蛋一盒3.9美元。1磅剑鱼23.9美元，一盒约有半斤的三文鱼13美元；品牌的服装、包、化妆品比国内便宜，我买了一双AsicsIrvine的运动鞋，80美元，约人民币560元，听说国内卖2000多元人民币。商场都在打折促销，折扣30%到70%，也有倒闭的品牌或商店；房价来讲，还是比较便宜，这里可能属于美国的二、三线城市，如果不是学区房，二三十万美元就可以买一个很不错的独栋房子，这里的house与国内的别墅还是有差别的。如果是学区房，在五六十万美元，听说今年的房价比两三年前涨了15%~20%。如果在一线城市，如洛杉矶、纽约、波士顿等大城市，房价就要比这里高出1倍以上，奥兰多的学区房现在60多万美元，波士顿要卖到150万美元。60多万美元，相当于420万元人民币，卖掉一套北京三环以内的房子，在美国二、三线城市能买一套160平方米以上的大平层独栋，还能留下一半钱生活。有人说"住在美国，吃在中国"。

上天对美国是眷顾的，哥伦布发现了这么美丽的一片新大陆，这里地势平坦，占尽了地理优势，当然也得承认美国人民历经246年的奋斗，把这片大陆雕刻得如此美丽。在北京六环外也买不到同等面积的房子，但与我们的二、三线城市的房价差不多。美国的城乡差别几乎没有，只是特色不同，一线城市繁华、教育发达，二、三线城市人少安静，特别是奥兰多空气好，适合养老、旅游度假。

美国的教育是免费的，从幼儿园到高中全部不用花钱，上大学可以享受极低利息的教育贷款。没有限制，什么时候还都可以，大多数人工作以后慢慢还教育贷款。

美国的城乡差别不大，即使在奥兰多这样的二、三线城市，开车20分钟左右有各种超市等生活配套设施。

女儿带着我和安安、康康去一个工艺品大超市。上车时，安安要坐副驾驶的位置，弟弟8岁多了，在后面还必须得坐安全椅。康康提出来，姐姐不能坐在前面，因为姐姐不满12岁，坐在前面是违法行为。女儿迟疑了一下，告诉安安，你必须跟姥姥换位置坐在后面，因为康康提出来你这是违法行为。姐姐有点不高兴，说我平时上学都是坐在前面。女儿说我错了，弟弟提出了这是违法行为，我们必须得纠正。安安很不高兴地坐在了后面。我很诧异，我不知道美国是如何教育的，这孩子只有8岁就已经知道什么是违法行为，法治观念在他们幼小的心灵已经形成。

我与女儿聊天，既然是法治社会，为什么不禁枪？这些年枪击案伤害了多少少年儿童。女儿说她也与美国同学讨论过，他们说："持枪是美国宪法赋予美国公民保卫自己的权利，现在的总统不能修改宪法，这就是美国文化。"我听后惊呆了，错了的东西也不能改，我不能理解，文化差异真是太大了。女儿还对我说，安安的学校前几天还收到警方提醒，并加派了警察，平时学校也有两个警察。我的心提着放不下来，提醒安安、康康在学校时刻注意，有情况先往桌子底下趴。

老的建筑不能拆可以理解，比如波士顿的学区房大多是上百年的老旧房子，可以装修但不能动结构。

我来到美国的第二天，就收到我国外交部驻美使馆的短信，内容是各个使领馆的电话联系号码，以及提醒我国公民在美国要"三不"，要注意安全，要遵守美国的法律法规。特别是提醒不要大声喧哗，我觉得这个提醒好，因为美国人在公共空间也安静，有礼貌。我们的公园、街道都很热闹，但这里没有广场舞。我们的公园里，唱歌、跳舞、乐器声，老年人充满了活力、对生活的热爱。这又是文化不同之一。

奥兰多位于美国的最南端，与古巴为邻。奥兰多与海南一样，经常有云雨，云一阵，风一阵，雨一阵，蔚蓝色的天空，云朵都是立体的，美丽的天空，空旷的绿野，美丽的湖畔，美丽的奥兰多。

奥兰多雨多，大多是太阳雨，下一场雨，天空更加明亮，绿色的湖泊像镶满翡翠的城市。城市规划建设管理都很先进，我开始走进美丽的奥兰多。

2023年5月27日凌晨奥兰多Lake Mary

法式煎饼与奥兰多艺术博物馆

凌晨3点多,国内卖房广告的电话把我从被坏人追赶的噩梦中惊醒,我好不容易刚睡不久,不想接还是接了,万一真有事,国际漫游。迷迷糊糊地说:"我在国外。"

做噩梦是因为白天女儿带着我和安安、康康找游泳池,去了两个普通学校,房子和校区看上去比较落后。只有暑假游泳培训课,安安、康康都不学。在车上,我们的手机都收到了"紧急预警"安全通知,说是这一片区域有绑架小孩的。我有点紧张,快回家吧。康康安慰我,没事。学校经常训练他们,广播通知如果有坏人来了(持枪分子),他们会躲在像墙一样的门后面;如果是熊来了,学校会发出黄色的光,小朋友不能出教室,关好门;如果是大乌龟来了,别担心,不伤人。

看着康康单纯可爱的眼神,我惊讶着说:"还有熊出没呀!"康康说:"见到熊,要慢慢地后退,不要吓着它。"我希望康康永葆童心,长不大的小男孩。

每每看到康康单纯没有丝毫杂念的眼神,我突然期盼,康康不要过早成熟,孩子就是孩子样,没有过多的心眼,永葆童心和童趣。

真是日有所思,夜有所梦。

我每天能看到鹤、松鼠，各种鸟，绿树成荫，绿草如茵，湖水清澈，人与自然和谐相处，如果硬挑毛病，就是地势平坦，没有山的起伏，人始终生活在一个平面之中。

　　晨起，天阴，天空透亮，安安7点多起来说她要做全家人的早餐：法式煎饼。给我和她妈妈做的是咸的，她妈加了一个溏心鸡蛋，还给她妈制作了一杯不加糖的咖啡。她自己是甜的饼，我羡慕女儿真有福气。

　　女儿睡眼惺忪，边吃边问我去哪。我说，去艺术博物馆吧。

　　天空云卷云舒，清风吹着一卷云朵追着另一卷云朵，云儿伴着微风在天空中漫步。奥兰多的天空和云朵像海南一样，非常有质感，伸手可摘。每看到洁白的云朵，就想起徐志摩那首诗：

轻轻的我走了，

正如我轻轻地来；

我轻轻地招手，

作别西天的云彩。

……

悄悄的我走了，

正如我悄悄地来；

我挥一挥衣袖，

不带走一片云彩。

　　奥兰多艺术博物馆占地面积并不大，成人票10美元。藏品分为非洲艺术、美洲1945年后的艺术、美洲1945年前的艺术、古代美洲艺术等，侧重于展示18世纪、19世纪和20世纪的美国艺术。非洲艺术藏品源自非洲的各个国家，包括木雕、面具、服饰、纺织品、小珠装饰物品、钻石等；古代美洲艺术收藏有公元前2000年至1521年的来自30多个不同种族的陶瓷制品、玉器、宝石、服饰、金银器；美国的艺术品收藏了18世纪至今的油画、素描、绘画、照片、雕塑等艺术作品。

安安做我的翻译，带着我看每一个展馆，这个艺术博物馆建造于1924年，在美国算是早的。看到青铜器我还有点惊讶，专业词汇太多，安安也讲不清楚。

看着几千年前的古代器物，工具的构造，我们仿佛看到灵魂或精神。无论是诗歌，还是音乐、建筑、绘画，最能触动人的都是天性，是人的创造力的自然迸发，不管是哪种能力，也不管它们是以什么样的方式表现出来的。只要艺术家有一种深刻而热烈的感受，并且原原本本地表达出来，毫不犹豫、缺失或保留，那就是好的。

创造者，只要他是真诚的，那么他的作品就是美的，不管是古代的还是现代的作品。

真情在文学作品中，同时也在艺术作品中起着永恒的作用。

我站在这5000年前的艺术作品前，无论是玛雅文明、印第安文明，还是非洲文明，经典的都是敏感于英雄或超自然力的作品，如鲁本斯和米开朗琪罗的巨像等。

艺术家有天赋，离不开真情与执着，更离不开所处的时代特征。"深入生活"，我们不是缺乏生活，而是缺乏把生活转化为艺术品的想象与创作的能力。

为什么？

2023年5月31日奥兰多Lake Mary

安、康参加同学生日派对与海边阳光浴

下午2点,送安安、康康参加同学的生日派对,康康的同学家租了离女儿家很近的湖边上的一个小房子,还请了厨师做了简单的西餐,有比萨等。这个湖我几乎每天来散步,这里可以钓鱼,还可以烧烤。

出门前女儿再三对康康说:"人家过生日你不带一个小礼物不礼貌吧?"

我说:"对呀!带一个小礼物或者生日贺卡。"

康康着急地对我说:"人家在教室立了一个牌子,上面写着不收礼物和卡片。"

女儿说:"是不是客气呀?"

我说:"外国人如果说了就真是不收,还专门立了牌子,不是客套,尊重人家,不带。"

我说,好像没看见其他小朋友,整点到,早了。女儿送完康康回来,一上车就告诉我:"这是印度人家庭,他妈妈说,我们亚洲人都守时。"

我俩同时哈哈大笑。

我们陆续看到来的小朋友都没有带礼物。

我们紧接着送安安去同学家参加生日派对，要住在人家，昨天在车上安安就说了，我是反对住在别人家的。

我说："去可以，晚上让你妈去接你回家。"

安不解："Why？"（为什么）

我说："不是很了解，一个女孩子住在别人家有安全问题，万一遇上变态的人怎么办？"

安安不平："你是说我同学父母是变态吗？"

我无语，女儿大笑："没事，她父母都是中学老师。"

我又说："万一邻居呢？你妈定，我只是建议。"

女儿微笑着说："安安，你姥姥只是建议，你自己定。"

安安提前准备好生日礼物，买了一件3美元的白色T恤，自己进行蜡染，并且把底边剪成两个细三角，可以系，还蛮时尚的。买了一个礼品袋装上，精心准备。

天空的白云在蓝天中飘着。高速公路两侧绿色的原野，大地无限的辽阔，车子仿佛在森林中驶向无尽的远方，这是一个让人充满了幻想和浪漫的城市。

开车约半小时，我们到了一个离海边很近的小区，马路两旁挂着深蓝色小旗，写着"New House"（新居）。这是一个新开发的小区，房子简单，一个色调，有两层的房子，都是独栋别墅，一栋房子房价在25万—35万美元。

车子停在门口，安安的同学已经在门口等着，女儿说："出于礼貌，我进去打个招呼。"

安安提着她浅苹果绿色的小行李箱，高兴地与同学拥抱。女孩的妈妈开门出来迎接，中等个，白色皮肤，金发碧眼，穿着一件淡蓝色吊带连衣裙，披着金色齐腰的长发，一个小美人鱼似的女孩，美极了，不像有三个孩子的妈妈。

女儿说好打个招呼就走，我在车里等了半个小时。

女儿回到车里兴奋地对我说："太美了！她邀请我参观她的房子，楼下一个客厅，一个厨房，楼上有5间房子，墙面是淡蓝色，门窗都是白色，家里非常干净，一尘不染。她还说，让我放心，家里有安全防控装置，邻居家就是警察。"

我说："她像个美人鱼，好美！"

女儿说："是的，她可能也这么认为，家装得像海底世界。自己设计，她学艺术的……"

是啊！生活本身就是一门艺术。

我们急忙往中国超市赶去，其实叫亚洲超市（金麒麟），我喜欢熟悉的菜品和调料，大蒜和美国超市的蒜长得都不一样。中国超市的紫皮蒜整齐，蒜瓣几乎一般大，美国超市的蒜歪七扭八，大小不一，或许这就是自由生长的产物。不过美国超市的菜非常干净，都是洗好的。好像中国超市便宜点，我买了2磅三文鱼，23美元，鸡蛋一盒2美元，一只乌鸡12美元，一大盒鸡翅10美元。每来一次花费200美元左右，这种吃法，我的工资一大半只够一个月的饭钱。

天空的云突变，瞬间集聚在一起，不一会儿，天空暗了下来，开始落雨。

女儿说："我刚来不久时，带他俩去环球影城玩，晚上回来，赶上一场大雨，雨刷不停，根本看不见前面的车，我真有点紧张。"

我心里有点心疼任性的女儿，一个人带俩娃，长这么大没给我做过一顿饭，现在独立带娃，实属不易。我说："今天的雨也不会小，天空云层厚了，变暗了。"

不一会儿，雨越下越大，天空闪烁着雷电。车子仿佛在云端穿行，地上的白雾与灰暗的云连成一片，看不清前方的车，我有些紧张，不敢讲话，怕分散女儿的注意力。

在云里雾里开了二十多分钟，高速公路两旁，原野的上空弥漫着轻纱般温湿的雾气。雨渐渐小了。我说："这简直是汪洋中的小车。"

女儿说："我以为你睡着了呢。"

我说："这么美，腾云驾雾，怎么能睡呢？"

其实我非常紧张。还好这样的天气也没有造成交通堵塞，或者瘫痪，还是人少、车少。

朋友约我们去海边钓鱼。

第二天清晨9点，我们驱车先去接安安。

安安一上车滔滔不绝，10个同学，玩到夜里1点钟，下午还在小区里游泳，她兴奋起来只讲英语，我担心他们忘记中文，特别是康康还小，要求他们回家必须讲中文。

烈日下，我们的车向海边驶去。

佛罗里达州是美国东南部的一个州，位于东南海岸突出的半岛上。东濒大西洋，西临墨西哥海湾。据说美国初建国只有13个州，后来的州大多是买的，说当初花了700多万美元买来了佛罗里达州。估计这经济头脑还是来自犹太人，听说，华尔街玩金融的大佬大多是犹太人。

我们沿着大西洋海岸线前行，碧绿的海水一望无际，比较平静。白色的沙滩像巨大的流苏，海无限延伸。

天空变得完全晴朗起来，没有一丝白云，天空蓝得深远。海滩上躺满了大人小孩，女人穿着比基尼，男人只穿短裤，身上抹着防晒霜和油，晒太阳还有个很美的名字"日光浴"。

白往黑了晒，古铜色的皮肤才是健康色。我是怕晒黑，怕长斑，穿着长裤和防晒衣躲在伞下。这个海边还处于原始状态，也没有旅游设施、商店，只有一个卖冰激凌的小车，没有餐厅，干净无垃圾。每个人自带沙滩椅、帐篷。

前一天，女儿带我去运动商店买了一个带拉杆的恒温保温箱，我转着转着，抬头看到卖枪的专柜，各种长、短枪吓我一跳，以前只是在电视上看到过，现在眼前全是真家伙。我推着车急忙往出走。

今晨，我一大早起来，做了可乐鸡翅、鸡蛋饼、凉拌西兰花胡萝卜、秋葵，还做了女儿爱吃的红烧鸡爪子，准备了猕猴桃、梨、苹果、荔枝等水果，丰富的海边野餐。

女儿说："鸡爪子、猪蹄子之类在家吃，让老外看到惊呆了！"

哈哈！我说："看，就请他们尝尝。"其实我知道外国人不吃猪头、羊头、牛头和下水（内脏），鸡脚鸭掌的。我们祭祖有供猪头或羊头的，文化习俗差异。入乡随俗，我只好把红烧鸡爪放冰箱，等回家吃。

因为周末加上孩子们已经放暑假了，人多，我们没有钓鱼。

海边"日光浴"的男男女女，这么炎热的太阳，紫外线照得皮肤都痛，他们竟能长时间地保持纹丝不动。这里的人散漫得有规矩有秩序，只要不违法，任意的随性。

范妮·特罗洛普在美国生活近4年，1827年至1831年，她写了一本游记《美国人的家庭风俗》，贬斥当时的美国人不拘礼节、粗俗和伪君子，什么也不干，只会吐痰。她写到，吐痰的次数之多，可以把那本书叫作《远大痰程》（*Great Expectorations*）。这本书获得了马克·吐温的激赏。

随便吐痰不是病，是一种坏习惯，随地吐痰、扔垃圾就是教养问题。可是美国如何从一个曾经随便吐痰的国家走进现代文明的？

美国是移民国家，包容性很强，每个人都能过自己的特色日子。马斯克开着飞机跑或者研发星球之大事，一般人有吃有喝躺在沙滩晒太阳，互不攀比。

蓝天、大海、像白砂糖一样的细白沙滩，蓝色那么神秘深邃。

躺在沙滩椅上，仰望蔚蓝的天空，直升机拉着一面广告旗飞扬，海鸥翱翔，我的思绪飞向蓝天，仿佛天上飞来孙悟空和唐僧。

我国唐代高僧玄奘，大学者、翻译家和坚持不懈的旅行家，贞观三年（629）朝廷因饥荒允许百姓自行求生，他即从长安出发，经姑臧出敦煌，经今新疆及中亚等地，辗转到达中印度摩揭陀国王舍城。他27岁踏上西游之路，他的旅行经历在明代经人演绎，被改编成小说《西游记》，这本盖世无双的旅行志精确地描述了丝绸之路沿途的广大地域地形、贸易和众多的文化、民族和信仰，一直到波斯边境，到了相当于今天的阿富汗、巴基斯坦、印度和尼泊尔的地方。

玄奘行万里路，留下丰富翔实的文字记录，19世纪和20世纪的考古学家凭借这些记录，找到并发掘了相关的古代遗址。

玄奘于贞观十九年（645）返回长安。史书记载，玄奘西行求法，往返十七年，旅程五万里，所历"百有三十八国"，带回大小乘佛教经律论共五百二十卷，六百五十七部。

　　去"西天取经"的人很多，为什么只有玄奘成功了？玄奘的成功告诉我们，坚持很重要。怎样才能坚持？为了信仰和寻道，也就是追求真理，人如何坚持真理？

　　下午5点多了，我们开始往回走，我说一起在外边吃晚饭吧，女儿打了几个电话，说今天周日，没开门。

　　会享受的美国人。

2023年6月6日奥兰多Lake Mary

寂静的日子

孩子们都放暑假了,安安上夏令营23天,学习戏剧表演,150美元;康康报了体育补习班,130美元。

我每天早上6点起床,洗漱完后准备早餐和他们带的中午饭,八点半等他们吃完出门后,简单收拾,我开始披着阳光,顶着蓝天白云,伴着绿色草地去湖边散步。或许是为了防治花粉过敏,这里几乎很少见到花卉。天气很像海南,但没有海南那么热,早晚凉爽。

湖边极安静,湖水平静,岸边全是绿草和树木,树上挂着较长的"胡须",有人说这也是一种根,吸水分。有小孩玩的滑溜板、秋千等体育设施,旁边有篮球场。草地上有烧烤的架子,有一个上千平方米的房子,可以出租,用于朋友、家人聚会。

这里很少有人,偶尔遇上一两个妈妈带着孩子玩耍。

野鹤、松鼠,小动物比人多。鹤迈着悠闲的小步散步,这才是闲云野鹤的生活。松鼠上蹿下跳,猴高爬低跃一个比一个鬼精灵,那灵气全在闪着金银光芒的精美尾巴上。各种水鸟,还有红雀、金丝雀、白鹳、火烈鸟等,生物、动植物学家在这里肯定大有作为,是梭罗这样的自然文学大作家的天地。梭罗在《瓦尔登湖》里讲:"在头脑中旅行,你得做一个哥伦布,寻找你内心的新大陆和新世界，开辟海峡，并不是为了做生意，而是为了思想的流通。"梭罗不喜欢商业氛围浓厚的城市，他喜欢不被污染的乡村生活。

我国古代文人也是如此，行走山河、森林、江湖之间，追求自然超俗的生活。苏轼《于潜僧绿筠轩》曰："可使食无肉，不可居无竹。无肉令人瘦，无竹令人俗。"

大自然可以洗涤心灵。

我做几个站立瑜伽动作，坐在这赏景听风声，还有鸟叫声。风声穿过树林，一片绿叶牵着另一片绿叶，鹤唳声不好听。我想起友人告诉我凤凰的鸣叫声，仿佛像风吹过竹林的长笛声。我国骨笛在古代用鹤腿骨打眼制作，说仙鹤能通天，仙鹤可知物候，鹤骨有天然的"优势"。无论是箫声，还是埙的声音，特定的环境是"风吹过竹林"，人也一样，特定环境很重要。

年轻人来美国适应很快，学工科或者工程专业，但老年人重新归零很难。

中午，午睡，还没睡够，被窗外突突的割草机声吵醒，来了半个多月每天都能听到割草机的声音。家门口的草地自己承包，可能有规定草长多高，草都是一般高。收垃圾也有时间规定，这里是每周收两次，周一和周四上午。垃圾不分类，大塑料袋装好，不能有汤汤水水，大垃圾桶放在车库里。

下午，我准备晚饭，包猪肉胡萝卜馅饺子。

女儿问我："妈，能不能多包点？"

我说："当然可以，送给邻居？我早想说了。"

女儿接着说："我们家的抽油烟机，对着邻居家的客厅和书房，距离太近。你们来之前，我就登门给人家说了，我妈妈来，要做中国饭，油烟味可能会呛到你们。他们说没关系。可是我前天在门口碰到他们，他们说闻到中国饭味道很香。他们的话是正着理解还是不高兴了？"

我说："正着理解，头锅饺子，二锅面，第一锅煮好了你就送过去。"

女儿又问："夫妻两人，送几个？"

我说："送18个，你说我妈说不知道口味你们喜不喜欢，18是吉祥数，祝你们发大财。"

女儿说："对，他们是做生意的。"

我笑着说，中国人这么多，与中国人做生意才能发大财，你看马斯克在上海的电车赚了钱，再干火箭、星球卫星。

女儿送完饺子回来说："我一进门，男主人笑着说，说完那句话，我就知道我们会有中国饭吃了。哈哈！他们上大学的儿女也回来了。"

我心想，来女儿家我的厨艺大降，用电炉，锅是不粘锅，油是橄榄油，别说炝锅、爆炒，油烟都没有。

吃过晚饭，洗完碗碟，我拿出冰冻的饺子馅和乌鸡，准备明天早上包灌汤小笼包，用鸡汤打馅，再煲乌鸡汤。

刚歇一会儿，听到两个孩子在看电影，英文片，类似"睡美人"的续集，但是"岛国人"的装饰很像《山海经》里面的怪兽，有人长牛角，长大翅膀能飞，有一位中年妇女身穿黑袍，长着大翅膀，为救女儿被炸成一片黑灰，又变成了一个似黑色的凤凰重生，消灭了坏人，救回女儿。

我惊讶："怎么这么像凤凰？"

安安说:"因为她身体里有凤凰血。"

难道《山海经》的故事不是传说,是真的吗?远古的远古是《山海经》描述的世界吗?进化论可以怀疑吗?

我已经反感:"你是从太阳来还是从月亮来?"选择凯恩斯还是哈耶克之类的问题。过去的过去不可知,未来的未来可知吗?

如果说机器最终会毁灭人类,能不能让这个速度慢一点再慢一点。

人类就是一个矛盾体,一方面用先进的科技手段延长人的寿命;一方面开展星球大战或者人工智能降低人本身智能,最后自己制造的机器人战胜人类。

在这里,生活规律,我没有剧追,晚上刷刷手机,10点就睡了。夜里醒来,窗外的月光透过百叶窗洒在我床边,起身打开窗户,月亮又圆又大,今天是初一还是十五?我想起安安、康康小时经常让我讲睡前故事,我只会讲:"从前有个山,山里有个庙,庙里有个老和尚在给小和尚讲故事。"

以后,他俩再不找我讲故事,还挤眉弄眼快速地说:"你只会讲从前有个山,山里有个庙,庙里有个老和尚给小和尚讲故事……"

2023年6月8日奥兰多Lake Mary

肯尼迪航天中心

周末，开车去肯尼迪航天中心。炽热的大太阳，阳光直射大地，领略"阳光之城"的味道，气温35℃。10点多出家门，道路上，温煦的空气扑面而来，路两旁绿树、草地散发着青草的清香，犹如夏日的芬芳从各个方向袭来。导航开路，一个半小时，接近目的地时有路牌：这个区域禁止无人机飞行。公路两边是水面，我也说不清楚是河还是湖，水域辽阔不像湖，还是像河，不知道是不是巴纳纳河，还是印第安河。看到河流我就由衷地喜欢，因为河流是人类文明的摇篮。古代人类文明基本以河流及流域为发源地。两河文明发源于底格里斯河与幼发拉底河流域；尼罗河文明发源于尼罗河流域；印度河文明发源于印度河与恒河流域；中华文明则起源于黄河和长江流域。

这平静辽阔清澈的水面就像液体的翡翠，在蓝天白云下徜徉，美丽得让人感动，我暂把她当成印第安河吧，无论现代的美国如何发达，也不能忘了这片大陆的原住民：印第安人，他们的音乐、舞蹈都有一种神圣呼唤远方的力量。

中国人有一个最好的传统就是不忘祖。

穿过高架桥，岸边是一望无际的绿色草坪，几乎与水平行，没有堤坝，公路、草坪、水连成一片，我惊叹，难道不怕下暴雨，淹没公路？

导航直接把我们指引到肯尼迪航天发射中心，到了大门口前约100米，我看到有一些路障，我急忙告诉女儿："掉头，千万别进入人家的禁区！"女儿一边转方向盘掉头，一边说："不像我们以前来过的，这可能是发射中心，好像可以看，但要提前预约。"

我们掉头又重新导航，这里与卡纳维拉尔角很近，众人皆知的航空海岸。附近就是肯尼迪航天中心和卡纳维拉尔空军基地，卡纳维拉尔角成了它们的代名词。卡纳维拉尔角东部靠近梅里特岛（Merritt Island），之间被巴纳纳河分开。肯尼迪航天中心位于美国东部佛罗里达州东海岸的梅里特岛，成立于1962年，是美国国家航空航天局（National Aeronautics and Space Administration，NASA）进行载人与不载人航天器测试、准备和实施发射的最重要场所，为纪念已故美国总统约翰·肯尼迪（John F. Kennedy）而得名。

肯尼迪航天中心，成人票89美元，里面有航天科技教育宣传，声、光、电一流，有模型，有电影纪录片，有操作器等。26年前，我去过德州的NASNS，看过真的，好像是淘汰的，还可以穿仿制的宇航服拍照，这个航天中心科技教育宣传更加现代。我本身对这些不懂，也不十分感兴趣，小朋友每个展馆都进，我跑去找吃的，先找了个吃热狗的，实在不喜欢，又去问人还有什么吃的，又找到一家比萨店，排队进去，自己在自助机购买再去柜台取。不喜欢也得吃，否则没吃的，点了比萨、薯条和橙汁。

美国生活已经半人工智能化，在机场自助机取票，自己托运行李，有的餐厅也用自助机（特别是旅游景点）。出门必会开车，电脑就不用说了。

我在首都机场出海关，上摆渡车前，也是自助扫码填报，我还说："老人就别出门了。"现在看是国际接轨，要想全世界旅游就得学点英语和会用这些东西，不能服老。

回家的路上，云由白变灰，由小变大，又紧急集合机械地团结在一起，天空开始下雨点。老天照顾我们，下了一会儿，雨停了，我们急忙往停车场，刚上车，又开始下，越下越大，雨势汹涌，被太阳炙烤的公路瞬间被暴雨灌注，热气腾腾白雾茫茫，雨刷不停也不管用，任性的天空，说变就变。

女儿问我："还去超市买菜吗？"

"不去了，回家有什么吃什么，家里有牛肉、米粉，炒牛肉米粉吃。中午比萨我没吃饱，还是中国饭好吃。"我望着车窗外的瓢泼大雨，急忙想回家。

吃过晚饭，消失的太阳已变成夕阳再度出现，天空雨后的紫色、橘红色、金色的霞光像油画悬挂在空中一样。草坪经过雨水冲洗，更加娇嫩，袅袅的水蒸气从草上升起，远方的云向其他州飘去。

2023年6月11日 奥兰多Lake Mary

When I Grow Up（我长大以后）

安安参加的暑假戏剧班今天结业，中午1点结业演出。我们匆忙吃过中午饭，去超市买了鲜花，12点45分走进安安的学校。大门前有一辆救护车、一辆消防车、一辆普通警车。

我问女儿："难道学校搞活动，都有这些准备吗？"

女儿说："平时学校有两个警察，如果有风险预告会增加人数。"

我心想这么小的活动就这么准备。平时在马路上很难见到警察，摄像头也不多。我来美一个月见过两次警车，一次是在高速上一个警察拿着枪抓人，嫌疑人的车已停下，也没封路。另一次是在亚洲超市（中国超市）门口一个警察拿着手铐抓一个黑人。

走进橘黄色砖墙的学校长廊，迎面碰上有五六个人用推车式的担架抬着一个十几岁的男孩，半坐着，看着病情不严重。

我们走进一个小剧场，墙、舞台都是黑色的，没有麦克风，有一千平方米左右。八排座椅，一排约有20个座位，每个座位上放了一张浅绿色打印的节目单。康康告诉我："这个黑板上的画是姐姐设计和画的。"我由衷佩服。左上角画面是一个奶瓶，三个立体方块上写着ABC，中间写着" When I Grow Up"，右上角是她们长大后做的各种文案和公文包。下面写着许多孩子长大以后的理想：我要体验各种不同的文化；我要旅游、唱歌、画画；我要亲近大海；我要自由；我要有只狗等。我惊讶于安安来美半年，很快融入了新的环境，真的很棒！看着不同肤色的孩子们在一起演唱自己的创作和心声，触动我的神经，我被她们的率真感动。感谢宝贝安安把我带进美国的生活。台下的观众都是台上演出孩子们的亲属，有年轻的父母，也有爷爷奶奶，这个地区亚裔很少，我来美国一个月第一次感觉是在美国。这是美国一个二线城市，普通公立中学，听说综合评分只有4分，10分的公立学校又怎么样，我想了解美国的教育和文化。

演出中午1点正式开始，孩子们通过歌剧表演她们从幼儿园到中学、大学及工作后的人生过程，各个时期的问题，以及不同的老师、家长对他们的影响。有一点我没看明白：在孩子们的成长过程中丢失了一些东西，但保留着并不断增添了新的东西。是什么东西，我没听明白，英文不好。

整个表演一个半小时，不同肤色的孩子们轻松真实地演出，我感受到了美式开放、独立、创造、启智式教育是从小培养的。结束后，学校准备了蛋糕、饮料。

散场，校门口还停着一辆消防车和一辆警车，但没看到警察。如果只为了近二百人的活动，都这么准备，他们的安全预案是落在实际。

这里空气无比的清新，另一片天空，几乎可以说是另一个世界。蓝天下，阳光普照。我望着孩子们远去的背影，一直认为艺术是为国家而存在的我，突然觉得艺术是为人类而存在的。

祝福天下所有的孩子们，生活在和平年代，快乐成长。

2023年6月22日（端午节）奥兰多Lake Mary

Lake Mary 美丽的夕阳

中午，阳光灿烂，奥兰多也更加炎热，温度37℃。中午出门热浪滚滚，还好出门就上车，进屋空调极凉，我们随手拿一件外套，备着进超市、商场用，屋里屋外两重天。

昨天下午，朋友开车一个多小时来看我们，他们在美国居住近20年了。从德州到加州，三年前又来到佛州奥兰多。他们说，美国各州的法律不一样，例如，加州洛杉矶，允许同性恋；抢商店一千元以下不立案，不追究。我听后惊呆了，这不是助纣为虐？还说，他们出租房，竟然租房客不给租金，也没人管，更邪的是，空闲的房子，谁住进去算谁的。我不相信自己的耳朵，这还有理（法）可讲吗？美国建国的初心："天赋人权""私人财产（领地）神圣不可侵犯"，怎么能允许千元以下可抢劫？这是什么法制，真的不能理解。

所以他们搬到佛罗里达奥兰多养老，安全、稳定。选择了湖边的房子，两套房子，约50万美元（按当时的汇率不到350万元人民币）每套面积200多平方米，一套自住，一套出租。

他们过着散步、健身、钓鱼悠闲的生活。

虽然这里空气无比清新，生活在一片绿色之中，与松鼠、仙鹤，有时还有梅花鹿、熊和睦相处。但是我还是不能习惯，与我26年前的感觉一样，思念养育我的山川河流大地，思念培育我的老师好友，思念我生活中的每一次感动，思念龙潭湖菜市场的蔬菜和豆汁、焦圈、油条。还时常想起龙潭湖菜市场的一个卖菜的小男孩，他与安安一般大，他一出生就跟着妈妈卖菜，那时候小，躺在一个筐子里陪妈妈卖菜。现在已经快12岁了，上学了也经常帮他妈妈卖菜，看上去很灵气，会用微信、支付宝，从不少斤缺两。我每次去买菜看到他干净纯洁的眼神，就觉得如果管理者做不好，让他们过苦日子就是罪过。我们如何让更多的孩子过上好日子，接受更好的教育，这是最重要的责任。

奥兰多毕竟是二、三线城市，尽管自然环境优美，但满足不了我的精神需求。上周末，我让女儿开车带我去市中心看图书馆和教堂，安安、康康不下车，安安说："这里不安全，有绑架小孩的。姥姥等去波士顿，那里除了图书馆就是博物馆，出图书馆就进博物馆，我带你去。"

我不禁哈哈大笑，这隔辈代沟更严重。前些天我陪安安、康康去迪士尼乐园，大人门票170美元，我进去看了几个动物，安安去玩类似"过山车"的设备，我拿着衣服、包包在树下等，看到她湿着衣服、咧嘴大笑，我就心急。再拉我去著名的环球影城，还有什么冒险乐园，我坚决不去。

我坚持早晚散步，这儿的夕阳，绚烂多彩，天边的彩霞，有深红、有金黄，遇见金边云，夕阳躲在一朵凸起的立体感十足的云朵后边，整个云朵镶嵌了金边，美丽的晚霞一直延伸到我头上的天心。太阳落到湖岸后的时候，岸上每一棵极小的草叶，更加绿油油，清清楚楚。太阳越来越西下，湖水中条条红霞和片片金霞交织。好像彩霞也跟着夕阳一起西下，夕阳中的辉光，在昏冥夜色来临的影响下，一寸一寸地渐渐迷离。

Lake Mary美丽的夕阳。

2023年6月28日晚奥兰多Lake Mary

走进智慧之城——波士顿

女儿买了"廉价航空"的机票,我们5个人节省1000美元,飞机上没有吃喝,托运一件行李60美元。傍晚到波士顿,我做了攻略去哈佛等大学,图书馆、博物馆,重要的是梭罗的"瓦尔登湖",我向往的是一种经典的精神生活。

听说,美国大城市治安乱,晚上更不敢出门,我有点忐忑不安。

我们从奥兰多飞往波士顿的飞机,晚点20分钟,飞机是A320,约180个座席,满员。途中有卖水和饼干。飞行平稳,机舱内整洁,座椅简单。我看着各种肤色的人们非常有序,飞机到达波士顿等待停机坪约半小时,没有一个人打开行李箱,下飞机时没有一个人从后面向前挤,按顺序排队,所有地方先让老人与孩子先行。虽然是"廉价航空",但人们的基本素质不低,社会教育的结果。

下了飞机专门有去租车中心的蓝色专车,约10分钟到达,女儿提前在网上办好了。这个租车中心较大,有多家租车公司。办理手续等了一个多小时,拿着提车的"合同"去停车场提车。有一位小个儿的黑人兄弟,坐在简易的玻璃房内,漫不经心的样子,一会儿拉开窗子喊名字,一会儿走出来指着车叫名字。一个多小时过去,后面来的人都走了，我对女儿说："你去问一下，我担心他把我们的合同搞丢了。"

女儿去问，安安跑来对我说："姥姥，你猜对了，丢了。"

女儿让他找，找了十来分钟他说在桌子上。又过了半小时他指着一辆小白车让我们上，女儿诧异："我租的是一辆SUV呀！"

他说："没车。"

这时候我有点急了，我说："我们半个多月前就交过费用租好了，你现在没车，还讲信用吗？"

又过了十几分钟，他开着一辆灰色福特SUV过来，女儿打开车门说这不是我租的SUV。我说："快上车吧，都晚上8点50分了，吃了一天面包，孩子们也累了，就它了。"

来到我们订好的市中心玛瑞雅酒店，酒店停车场每天收费69美元，公共停车场每天停车收费45美元，我们只好把车停在公共停车场。我惊讶地说："天啊，赶上租车的费用了。"我想起飞机上白人老太太说："Boston very expensive."（波士顿很贵）我感受到了又贵又冷的波士顿的确太贵了。谁让人家是文化、教育、科技大城。

我们来到世界著名的教育、文化之城，也是美国最古老的城市、有360多年历史的波士顿。市中心路边英伦风格的建筑与现代高楼大厦错落有致地融合在一起，楼间距很近，美国少有的新英格兰的味道。

第二天早上，吃过早饭我们匆忙去看波士顿前十公立中学的学区房，开车离市中心约40分钟的郊区，森林覆盖率高，一家一栋二层楼约120万美元（约950万元人民币），这价格在北京只能买5环外的房子。公立学校免费教育至高中毕业。这里的公立中学在全美都是排名前列。但房源紧张，开盘一栋一周之内就能卖掉。

波士顿的天气较差，据说能冷半年，冬天时常有暴风雪。今天天气有点雾霾，雾气蒙蒙。我没想到郊区到处是电线杆，仿佛挂了许多五线谱，马路比北京差多了，时常有"补丁"路，比中国其他城市的路也差，房子看上去也一般。但是胜在教育，中小学及大学高等教育世界排名超前。有著名的哈佛大学、麻省理工学院等，藤校有十几所，高校有80多所，科技、金融、文化、教育之城为什么生活品质又贵又不成正比？

安安、康康一起说："波士顿Emo！"他们仨都不喜欢波士顿，主要是因为又贵又冷。我不解，问女儿，英语抑郁不是depressed？女儿对我说"emo"是网络语言，"忧郁"的意思。语言也是在不断丰富，外来语越来越多。

代沟，我喜欢向往的生活他们不喜欢，安安说："我喜欢阳光之城，做阳光女孩！"这话也没错，我的确不能主导他们的人生。

我们的车行驶在美丽的查尔斯河畔，世界上有河流穿越的城市就有灵性有活力。美国历史上发生的波士顿倾茶事件，最终引起著名的美国独立战争，波士顿的褐红色砖楼，哥特式建筑，优雅的英伦风情，写满了"五月花号"的浪漫与沧桑。

2023年7月1日傍晚波士顿玛瑞雅酒店

打卡哈佛大学

在世界近现代教育史上，我最喜欢的大学第一是国立西南联合大学，第二是哈佛大学，第三是剑桥大学，第四是牛津大学。

国立西南联合大学（National South-West-Associated University，NSAU）是人类教育史上的奇迹。

在战火中游走的大学，简陋的茅草屋，以"刚毅坚卓"为校训，继承中国古代教育集大成，激励人坚忍不拔，刻苦自励，追求真理，建功立业；勤奋学习，卓然成家，但又不慕名利地位，铁骨铮铮。在抗日战争时期，培养了大批的国家栋梁及科技、文化发展的主要力量。

西南联大培养了那个时代的精英和世界级最优秀的校长、教授和学生：梅贻琦、蒋梦麟、张伯苓、闻一多、沈从文、刘文典、钱锺书、邓稼先、朱光亚、李政道、杨振宁、陈寅恪、陈省身、华罗庚、吴大猷、冯友兰、胡适、傅斯年、梁思成等。

西南联大的校歌："万里长征，辞却了五朝宫阙。暂驻足，衡山湘水，又成离别……"

西南联大，在侵略者的飞机大炮中坚持"内树学术自由之规模，外来民主堡垒之称号"，保存了重要科研力量，培养了一大批卓有成就的优秀人才,为中国和世界的发展进步作出了杰出贡献。西南联大是人类教育史上的永久丰碑。

因为徐志摩的诗《再别康桥》,我喜欢上了剑桥大学。后来去英国,我选了去剑桥大学和牛津大学参观。喜欢上剑桥大学15世纪国王学院哥特式及19世纪维多利亚的建筑,特别是浪漫的剑河(康河),还有牛顿的苹果树。剑桥实现了他们的校训:"此地乃启蒙之所和智慧之源(Hinc lucem et pocula sacra)。"剑桥大学有120多位诺贝尔奖获得者。

牛津大学是英语世界中最古老的大学,也是世界上现存第二古老的高等教育机构。中世纪的塔楼古色古香,文艺复兴风格的建筑显得稳重大方,古朴典雅。这所"金三角"大学的校训是:"上帝乃知识之神或上帝照亮了我(The Lord is my Light)。"浓厚的宗教背景。世界著名的牛津大学,这古老的大学,我觉得有点呆板。

言归正传,今天我想说的是我仰慕的哈佛大学,当代我最喜欢的大学。

我终于来到世界著名的高等学府:哈佛大学(Harvard University)。它位于美国马萨诸塞州波士顿都市区剑桥市查尔斯河畔,是一所顶尖的私立研究型大学,常春藤盟校,全球大学校长论坛、全球大学高研院联盟成员。17世纪初,首批英国移民到达北美,开拓自己的"伊甸园"——新英格兰。移民中有100多名清教徒,曾在牛津大学和剑桥大学受过古典式的高等教育,为了让他们的子孙后代在新的家园也能够受到良好的英式教育,他们于1636年在马萨诸塞州的查尔斯河畔建立了美国历史上第一所学府——哈佛学院。

哈佛最早由马萨诸塞州殖民地立法机关创建,为了纪念在成立初期给予学院慷慨支持的约翰·哈佛牧师，学校于1639年更名为"哈佛学院（Harvard College）"。1780年，哈佛学院正式改称"哈佛大学"。

哈佛大学由十所学院及一个高等研究所构成。哈佛大学占地总面积约为210英亩，主要建筑都是褐红色砖楼。这建筑的古老程度赶不上英国剑桥大学、牛津大学。哈佛有着全世界高等学府先进卓越的教育理念和管理模式，活力四射，创新研究力超强。哈佛有160位诺贝尔奖获得者。

我们先到哈佛标志性建筑哈佛广场，吃一碗日式拉面，过了马路，走进我向往一生的哈佛大学。时间紧，我只能打卡哈佛一角。哈佛大学图书馆、约翰·哈佛牧师的雕像、红衣教堂、博物馆街等，想了解哈佛大学怎么也得一个月，做课题也得一年半载，我拖家带口只能走马观花看一眼。

哈佛大学自由浓厚的学术氛围弥漫在校园的每一个角落，这里有剑桥大学的影子，但又超越了剑桥大学。年轻时听说哈佛大学的校训是"让你与柏拉图为友，让你与亚里士多德为友，重要的，让你与真理为友"，感触良多。

今天看到最精彩的是，哈佛大学校门上的铭文，门楣上刻有"进此门增长智慧"的字样。里面的题词是"出去为你的国家服务"。这两句言简意赅、意味深长的大白话，出自哈佛大学传奇校长埃利奥特。

静静的查尔斯河，记载并见证了哈佛师生的奋斗与梦想，走出哈佛大学，望着阴郁的天空，我悟出：懂得敬畏的人生，或许才能懂得可为与不可为。

2023年7月2日凌晨波士顿玛瑞雅酒店

波士顿艺术博物馆

晨起小雨，简单吃过早饭。女儿问我："今天去哪？"

我说："天气预报一天都是雨天，去博物馆。"

女儿又说："其实波士顿不大，你要看的地方不远，我们坐地铁吧？"

我说："好啊，我想多体验。"我装好了雨伞。

女儿又惋惜道："我要知道你能走路，就不租车了。"

我微笑着说："没事。我们还要去郊区，去瓦尔登湖。"女儿知道节俭持家过日子了。

天空阴沉，淅淅沥沥的小雨，漫步在这座新英格兰的城市，古老与现代相交叠，我还是喜欢古典建筑风格。图书馆、南教堂、三一教堂离我们住的酒店很近。

2023年7月6日波士顿

雨中漫步在瓦尔登湖

刚来波士顿的第二天上午,我催着女儿先去"瓦尔登湖",从市中心走约40分钟车程,进了一片森林中的小路,马路右边有一个湖,有人游泳,有人在沙滩晒太阳,马路左边有一个小木屋。停车场全满,没有车位。女儿说:"没办法,这里没地方停。"我无奈,只好说过两天再来。

我来一周,三天都在下雨,难怪康康对我说:"波士顿的天气,不是雪就是雨,要么就刮风。"我们只好先去博物馆、图书馆、教堂参观。今晨还是小雨,我本想还去博物馆。女儿说:"今天是美国独立日,都关门了。"我毫不犹豫地说:"去瓦尔登湖!"

女儿开车载我们,路上小雨不停,车子开到一个森林公园似的地方,我们把车停好。不知道是老天的眷顾还是梭罗被我的虔诚感动,雨真的停了。康康指着路边的一间小木屋说:"那一定是您说的小木屋,还有一个雕塑人像。"我说:"不会这么小吧?"我正向小木屋奔去,女儿说:"趁着没下雨,先去湖边。"我们先过马路向下走约百米,一个小巧玲珑的湖,这里路牌上写的是"池"(WALDEN POND)不是湖。在我看还是湖,远方是森林,湖周边是高大苍绿的树木,清澈的一泓湖水镶嵌在森林之中,绕湖一圈约

2个小时。今天人不多，有几只大雁在湖边，没有任何商业模式，保持着自然幽静的"瓦尔登湖"。一部文学作品，引来世界各地喜欢自然文学的人们来拜访梭罗，或许是为了心灵的对话，寻找梭罗的梦想。梭罗在《瓦尔登湖》中写道："上午锄草后，或读书写作后，我通常在湖里再洗一次澡，然后游过湖中的小水湾，从身上洗去劳动的灰尘，或者抚平学习留下的最后一道皱纹，整个下午，我就完全自由了。"梭罗在瓦尔登湖独立生活的两年多，完全是自给自足的生活，他仿佛用自己的生命体验并创造、试验社会实践，用真实、真情创作出不朽的作品。

梭罗毕业于世界闻名的哈佛大学，他平静地选择了瓦尔登湖，选择了心灵的自由和闲适。他搭起木屋，开荒种地，写作看书，过着非常简朴、原始的生活。来到瓦尔登湖畔之后，他认为找到了一种理想的生活模式。在这两年多的时间里，梭罗自食其力，他在小木屋周围种豆子、玉米和马铃薯，然后拿这些到村子里去换大米。完全靠自己的双手过起一段原始俭朴的生活。

梭罗在他的日记中写道："7月5日。星期六。瓦尔登湖。我昨天搬到这儿来住了。"说来也巧，梭罗在1845年初春的日子，拿起斧头到森林里砍下第一根木头，盖这个小木屋是多么的不易，他在这年的7月4日——美国的独立日——住进他独立亲手建造的简单而又朴实的家时，就注定了瓦尔登湖将伴随着一个世界著名的文学家于此诞生。美国国家独立日也是梭罗自己的独立日，更巧的是178年后的今天，我来拜见梭罗，雕塑像虽小，也遮挡不住梭罗在世界文学史上的地位。

现在这个小木屋，按照当年梭罗自建的小木屋复建，位置也移在马路边，当年没有路。木屋极小，也就十平方米左右，左边一个小床，右边窗下有一个极小的课桌，正对着的是一张椅子和一个砖砌的火炉——正像梭罗书中描述的那样。地窖在房中间，据说梭罗便是将食物储藏在此。住在这样的小木屋中，半原始状态的生活，卸下所有的包袱，走进思想的森林，探究生命的意义，用人的生命去感悟动物、植物、鸟类的生命周期，守着一片森林，望着一湖清水，让生命回归自然，纯粹地思考，无杂念地与自然融合，忘却自我，把自我变成瓦尔登湖边的一只大雁，森林里的一片树叶，一头小鹿，一条小鱼。正如陶渊明的"结庐在人境，而无车马喧。问君何能尔，心远地自偏"，梭罗正是带着对现实生活的怀疑，才来到森林中投入这种生活实验的。

瓦尔登湖面远处飘着淡淡的森林和湖水的清香，湖面上是森林的倒影。我敬仰19世纪的这位自然文学的伟大作家。梭罗用他纯粹的思考、纯净的文笔创造了绝世迷人不朽的作品《瓦尔登湖》，正因为这世上最难得、最高贵的就是纯净的心灵，梭罗捧着一颗纯净孤独的心，创造出《瓦尔登湖》。

正如梭罗说的，瓦尔登湖，就是这片森林的镜子。《瓦尔登湖》不也是文学史上的一面镜子？让世人知道瓦尔登湖，可以说是梭罗创造了瓦尔登湖的美丽。

美的纯粹是思想，而不简单是美的表象。

来过，总要留个念想。我朝离小木屋不远处的"梭罗中心"（公园专卖梭罗纪念品的商店）走去。商店很小，买了一个大水瓶，又买了一本华东师范大学出版社出版的中文版《瓦尔登湖》，其实很久以前我买过也读过，这次重买，是重新走近梭罗。

此时此刻，酒店窗外五颜六色的礼花响起，查尔斯河畔有演唱会，美国人民在庆祝独立日，他们也有被英国殖民和侵略墨西哥的历史。

　　我在想，178年前的梭罗如何在自建的小木屋里度过，如何在种地、锄草、劈柴、烧火、取暖、煮饭这极平凡中，在小木屋经历劳作、痛苦、自愈后再把真实的经历、情感、思考变成文学，献给世人。

　　梭罗告诉我们，人可以活得简单、神圣、浪漫、清醒和富有诗意，木屋虽小，他内心的强大和力量使心灵的空间无限辽阔。

　　《瓦尔登湖》永久留在世界文学的历史长河中。

2023年7月4日晚波士顿玛瑞雅酒店

查尔斯河畔的一周

温婉美丽的查尔斯河,静静环绕着哈佛大学、麻省理工学院、波士顿大学等。查尔斯河是波士顿市区的两大河流之一,向东流入大西洋。河南岸是波士顿城区,那里有Beacon山及其附近的老建筑聚集区,还有摩天大楼聚集的CBD区。河北岸则是著名的剑桥市,哈佛大学与麻省理工学院均坐落于此。如今的剑桥市,已不是通常概念的小城,而是一座名副其实的学术文化氛围浓厚的大学城,这里有很多大学,当然最著名的就是哈佛大学和麻省理工学院。查尔斯河南岸是波士顿城区,游船穿过朗费洛桥,桥上是剑桥大道,连通波士顿城区和剑桥地区。查尔斯河湛蓝的水面上,点缀着点点的帆船与游艇,沿岸都是大片的绿化带公园,相当漂亮。

路过静美的查尔斯河畔,微风吹拂过的河岸总是有美国式的古典,这是以英格兰为基调融合美国式的现代文化。麻省理工学院、哈佛大学、波士顿大学等仿佛是伫立湖畔的学术研究宝塔,各有特色。麻省理工学院以现代建筑为主,麦克劳林大楼的大穹顶,模仿罗马万神殿的结构。这个大穹顶仿佛是宇宙科学的中心,这座世界顶级的理工大学有91位诺贝尔奖获得者。世界理工大学延续了英国新英格是地区主流的建筑风格,追求古希腊和古罗马时期的对称美。我在想168年前罗杰院长他们以什么方式培养世界级的科技顶端人才？麻省理工学院以自然科学和工程科学著称，他们最大的特色就是动手，因此麻省理工学院的校训为："手脑并用，创新世界。"创新世界不是口号，他们注重动手能力强、实验和创造。如果一个大学的校长把精力主要放在升官发财上，哪里有精力投入学术创新？

哈佛大学对我有无穷的魅力，我难以言喻的欣喜，哈佛培养出160位诺贝尔奖获得者。一周时间，我三进哈佛大学，褐红色砖砌建筑，我最喜欢的是拥有1500万册藏书的哈佛大学图书馆。细雨绵绵中的哈佛大学最美，屋檐下的雨珠像晶莹剔透的连珠，串起哈佛大学387年的思想、研究、继承、创新的历史，凝聚哈佛大学学人的心血。图书馆中我最喜欢的是费正清中国研究中心，认识这个中心还是从读他们编写的"剑桥中国史"丛书开始。我最喜欢哈佛大学的铭句是："出去为你的国家服务。"一个人热爱自己的祖国是根本品性。期望美国当今的流行文化、"快餐文化"回归哈佛大学的教育理念和胸怀。回归美国建国初心，包容并坚守美国应该坚守的传统文化，特别是清醒的知识分子应有的坚持，治疗美国自身现实存在的一些社会问题。例如，怎样的"自由与民主"才符合人类文明的发展与进步？完全靠人自觉，自我管理，这些的确需要教育和文明程度很高的社会。当然，在美国超市自助结账，也有"跑单"的，总体是建立信任、培养自律。关于美国人持枪，也是法律赋予公民保护自己人身安全的权利，可是遇上情绪失控或者精神病患者，那么没"病"的人便遭殃了，这些年"枪击案"越来越多。

什么样的教育、社会管理抑制、改造人性丑恶的一面？光大人性美善的品性。政治家们在选择、制定社会制度上有不同考量，尊重文化的不同，选择便不同。二百多年来美国的确在科技创新发展等领域取得了斐然的成果，但不能因此狂妄，为世界和平做出贡献很重要。希望美国在西方文明的传承和发展历史中，给人类留下更好的记忆。

波士顿这座美国最有文化的城市，大学林立，更显著的它是教育的极盛地。当你在哈佛广场吃比萨，没准左边是哈佛大学的博士，右边是麻省理工学院的博士。当你散步在查尔斯河畔，一不小心就撞上一个诺贝尔奖获得者，空气中弥漫着浓郁的文化、学术研究的味道。

波士顿市中心不大，主要有波士顿图书馆、三一教堂、南教堂、艺术博物馆、伊莎贝拉艺术博物馆、自由之路等文化古迹。当然是几百年的历史。

在波士顿市中心游玩，乘坐地铁是最方便的，地铁有上百年历史，老旧但干净有序。连续三天下雨，我们坐地铁去了波士顿艺术博物馆。美国大的博物馆都藏有大量的中国古代文物，虽然保护得不错，但是美国人能理解一个中国人站在面前，看着老祖宗留下的文物，因软弱腐败无能的清政府无力保护致使流失海外，对被西方列强豪夺的历史而五味杂陈的心情吗？当然，我们还能看到，这已经是万幸了。西方展厅，我比较喜欢莫奈展厅的画，目睹《睡莲》《干草垛》《鲁昂大教堂》等作品。莫奈捕捉光线的变化和季节的流逝，对色彩的运用非常细腻。

在这不大的城市内坐落着几十所包括如哈佛大学、麻省理工学院等顶尖高等学府，是座名副其实的学术之城。城市更多的是充满了一份文雅和书卷之气，波士顿的文雅来自哈佛大学、麻省理工学院的学术价值的辐射与传播。艺术的不羁与天马行空，现代与传统文化交相辉映，这是个年轻而又有历史感的城市，整个波士顿就是一座历史文化博物馆，有着自己独特的个性与优雅。

踏上长约4公里，用红砖砌成的一条细红线，这就是著名的"自由之路"，建有教堂、博物馆、历史建筑、公园、码头和历史标记等重要历史遗迹，用实体红线方式连接形成独特集合。这些遗址讲述了美国独立战争及其后的故事。

自由之路将不同历史时期的16个旧址连在一起，沿途反映了美国独立战争、南北战争、废奴运动和19世纪文学启蒙等不同时期的重大历史事件。

沿着这条并不长的细红线，4公里记载着美国历史。美国也是经历了战争、反殖民等革命走到今天的，不得不佩服美国文物保护的力度，应该更懂得珍惜自由与民主的平等与权力。

我仰望波士顿公园高大的树木，披着阳光，阳光透过树叶洒满了绿色草地，不禁感叹：一切草木，皆有各自选择自由生长的状态。

2023年7月10日奥兰多Lake Mary

迈阿密

初识迈阿密是从电视、电影留下的记忆。大多是海盗、三K党、黑手党之类的，反正多是不好的。

迈阿密是佛罗里达州的第一大城市，热带海滨城市。既然来到佛州就想着看看美国最南端的城市。出门前朋友建议从"海湖庄园"特朗普的家路过，说是在海边很美，但不能停车。我笑了，对政治人物远些好。有三条路线可选，我对女儿说选最近的高速路。

早上8点30分从家出门，高速路有多处老旧，还是国内的高速公路好，路边全是绿色树木。中午时，高高的大太阳将阳光从车窗直射进来，车内空调开到最大，阳光之城的太阳还是厉害，穿透玻璃，我戴着墨镜，还是直晒，我已经忍不住哈欠连天，想睡又不敢睡，怕女儿也想睡。女儿说："你睡吧，我没事。"坐在后排的安安、康康，开始轮流考我"脑筋急转弯"，大多我都答错，只有康康问的我答对了三道题。

"最强壮的人都拿不起来什么？"

我答："空气。"

"最聪明的人不知道什么？"我想了一下，他再三启发我，瞪大眼睛，双手比画不断启发我："我们不能掌握的是什么？"

我答:"未来。"

"拿钱买不来的是什么?"

我说:"时间。"

康康笑道:"答对了。"我终于赢回来一点面子,就这样连说带笑,我们从奥兰多驱车约4个小时到达在迈尔密订好的酒店。入住后放下行李,行李员说:"这里的人都很物质。"我问女儿怎么理解?她意思是说:这里有钱人很多,私人游艇、飞机、大别墅等。下午快两点我们去找饭吃,女儿打开手机导航,找到一个商业一条街,有点像北京的三里屯,不一样的是三里屯是"潮",这里全是大牌奢侈品,但店铺外面一般,大多是简单的小白房子。我笑道:"低迷的奢饰。"

终于找到一家小店,我选了墨西哥卷饼,像我在北京常吃的春饼。吃罢饭,下午3点了,女儿问我要不要去奢侈品商店逛逛,我笑着说:"又不买,不去了。"女儿开车带我们去看涂鸦墙,这还有点特色,每面墙都有一个主题,有的是人物,有的是现代派、抽象派,不像是随便画的,女儿说都是大画家画的,她急忙打卡"梅西"。

市中心树木草坪少,我说,迈阿密市中心,感觉没有三亚好,特别是海棠湾。女儿说:"刚来,不要轻易下结论。"

这座海滨城市博物馆不少。

第二天早上起来,天阴但透亮,窗外就是"自由塔"与高楼大厦鳞次栉比,南边是海港,今天又是一个雨天。我决定去"维兹卡亚博物馆"。这个博物馆建造于一个世纪前的地中海风格别墅,林木环绕,面朝大海,坐落在佛罗里达著名的比斯坎湾畔。

维兹卡亚花园博物馆和花园的主人詹姆斯·迪尔林是20世纪初美国的农业机械生产商。他在1916年为了冬季避寒而建造一所城堡式庄园，庄园共占地近300英亩。维兹卡亚融合了意大利和法国文艺复兴、巴洛克和新古典主义等风格，宛如欧洲皇室的宫殿，富丽堂皇，美轮美奂。

　　这是一座将文化、艺术与自然园林相结合，将巴洛克与地中海风格相结合的庄园，老橡树，兰花园，石雕，收藏的艺术品，不难看出，那个时代美国有钱人的奢侈，充满了艺术氛围的时代。

　　美国历史不长，但博物馆多，不少私人博物馆。主要是海港和各种博物馆及涂鸦墙支撑着迈阿密这座城市的亮丽风景线。

2023年7月26日美国迈阿密

Key West 海明威故居

　　Key West（基韦斯特）是美国的天涯海角，在美国的最南端，离古巴90英里，扼守着大西洋、墨西哥湾和加勒比海。距迈阿密市中心160多英里，开车约三个半小时，因为限速45英里至60英里，且多是单行线，如果遇见开慢车的或托游艇的车，压车一堆，谁也无法超车。即使开到车少的路段也不敢超车多出5英里，因为警车躲在树丛里。我是奔着海明威故居去的，一路上有棕榈树，椰子树不多。天空多云，云儿瞬息万变。此刻，天空透明，大海一片蔚蓝，光与时间、静海遥遥相连。或许是因为海湾，无风，所以没有海的浪花，海平面上有淡蓝色、翠绿色与灰粉色搭配，仿佛莫奈采了天空穿过云层的阳光绘画。这是一座最美的海上公路，一条笔直的公路无限向海的远方延伸。路仿佛在海中，路不宽，两侧都是海，据说这条公路有42座大小桥连接。

　　车子终于到了一条海边小街，二层小楼，这就是美国著名传奇作家兼记者，也是诺贝尔文学奖获得者厄内斯·海明威的故居。20世纪30年代，海明威称基韦斯特为他的家。世界各地的游人来参观，门口排队购票，成人票18美元。这次来美发现博物馆都收门票，个别的62岁以上的老人收费与儿童一样，半价。

这座房子的原主人是提夫特，曾任美国海军上校和海洋建筑师，他设计和建造了这座公馆，还有一个不大的游泳池。1851年竣工，他和他的家人一直住在这里，直到他1889年去世。当时提夫特的妻子和孩子都死于黄热病，没有留下人继承房子和周围一英亩的财产。由于很多法律相关的程序，这座公馆被荒废并空置了40年。

　　1931年4月29日，海明威和他的第二任妻子波琳在波琳叔叔的慷慨资助下购买了这幢房子，开始大规模地修复和恢复家园。波琳曾任职于时尚杂志，她敏锐的眼光和高级的品位，在家里的每个房间里都是显而易见的。例如，客厅和餐厅里精致的大利穆拉诺玻璃吊灯（波琳用吊灯取代吊扇，在热带气候中优雅而不实用）。陈列展示的许多家具都是海明威在他们出国旅行中购买的，比如古董西班牙核桃。墙上展示了海明威船的复制品，皮拉尔号。这条船38英尺长，由惠勒船厂打造名为"玩伴"；船是在1934年年底交付并运送至该岛的。海明威一生都是一个热爱钓鱼的人，喜欢在基韦斯特和古巴之间的湾流中与金枪鱼和大海鲢鱼搏斗。事实上，正是这片水域，最初吸引海明威到了基韦斯特，并据他说1935年他曾赢得每一个在基韦斯特瓦那和比米尼举行的钓鱼比赛。厄内斯特的古巴朋友富恩德斯跟他一起驾驶"皮拉尔"，是他亲密的钓鱼伙伴。富恩特斯是海明威最著名的小说《老人与海》的主角，该小说发表于1952年，并于1954年获得诺贝尔文学奖。

　　海明威一生结过四次婚，有过四个妻子，这是这位艺术家和作家生活的一部分，他们被称为"迷惘的一代"。

　　海明威爱好钓鱼、狩猎和滑雪，从很小的时候起，海明威就把目光投向了旅行，高中毕业后不久就离开了家乡，接受了《堪萨斯市之星》报纸的第一份写作工作。报纸严谨的语法、标点符号和文体要求，对他独特的写作风格极具帮助。

这里没有室内储水，前屋顶的水槽是用来供水的设备，这种水槽在20世纪也非常先进。海明威把楼上的房间改造成了一个写作工作室，海明威的皇家打字机，仍然摆放在桌子上。

每一天，海明威都会在早上6点醒来，走向他的写作室，一直工作到中午。然后他会在下午和晚上外出钓鱼或进行其他娱乐活动。他在基韦斯特的日子很有成效，在这里完成了《永别了，武器》《太阳照常升起》几部小说，还有《丧钟为谁敲响》的大部分。海明威"二战"时期当过战地记者，亲身经历过战争。在这里他还创作了《有了又没有》《非洲的青山》《乞力马扎罗山的雪》《没有女人的男人》。

他的最后一部中篇小说《老人与海》创作于1952年，推算时间应该是在他古巴的家。

海明威的主要著作表现出简明的结构，语气和人物角色也显得更具叙事的特征。他的勇敢直爽及坚定独立的个性形成了这位文学巨匠的独特风格。文学家有独立思考的能力，有思想，才能创造出不朽的作品。

海明威小说中的主角是旅居国外的人，而且小说的背景被设定在法国、意大利、西班牙和后来的古巴，而不是美国本身。海明威无论在生活还是在文学作品中，都是一个"硬汉"。海明威是一位国际文学艺术家，他从没有放弃他作为美国人的标志性身份，但他进入的艺术领域太深沉也太广大，以至于根本不能用任何单一国家的文化去界定它。他博大精深的视野，或许来自辽阔的海洋。

海明威一生约有三分之一的时间居住在古巴哈瓦那，1961年，他用猎枪结束了自己62岁的生命，说是因患严重的抑郁症。海明威为文学艺术而活，他的文学作品既是美国精神的体现，又是人类文化、文学思考与独立精神的一部分。

　　海明威离开我们60多年，屋子另外的主人在这里繁衍后代——名叫"白雪"的六趾猫，据说是一位老船长送给他的礼物。通常猫咪的前爪有五个趾头，后爪有四个趾头，但是故居里大约有一半的猫，都在前爪或后爪上多出一个趾头，看起来就像竖着大拇指一样，非常可爱。故居里楼上楼下、花园里都是猫，白猫、黑猫、黄猫、花猫，它们舒适、傲娇地睡觉，你撸猫，它眼都不睁，不搭理人，或许是世界各地来的人太多，它们已经习惯了游人的拜访。

　　看着这些胖乎乎憨态可掬的猫咪，悠闲生活的状态，是海明威给了它们自信和傲娇。

2023年7月28日美国迈阿密

游轮旅游海上日记

海上日记（一）

今天是2023年7月30日，我们一家人第一次乘坐游轮旅游。我们乘坐"Norwegian Escape"号游轮，海上旅行7天。我说："这游轮怎么叫挪威逃跑？或者逃离？北京话开溜？"

全家人大笑，女儿说应该翻译成"逃离城市喧闹"。

第一天，7月30日下午5点邮轮启航，港口壮观，停了4艘大游轮。到了迈阿密港口，在预约的时间段赶到码头，第一次乘坐游轮还是有点小惊喜。据说Norwegian Escape号是目前世界排名第七的大游轮，有20层，可容纳4000多名游客，1700多名船员，自重18万吨，据说这游轮比航母大一倍。20年前，我在中直工委工作时，单位组织我们去大连上过瓦良格号航母（后改成辽宁舰）。当我登上瓦良格号航母时感叹它是庞然大物，真是大开眼界。船可以造这么大，工业革命钢铁的产物。

来到迈阿密，体验游轮的感觉。第一次坐游轮，人很多。在白色大厅排队办理登船手续。安检、拍照、出示证件。我们需要出示护照、美使馆鉴证和EVUS（签证更新电子系统），幸亏我把这些证件和护照放在一起，否则我们可能就无法上船。我有点生气，因为没有EVUS，美海关就进不来，这是一个对外国旅客的管理问题，而这是一艘国际游轮。我想告诉他们这是一个常识，被女儿制止。她认为服务人员不清楚，多一事不如少一事，反正你带了。

下午5点开船，上了游轮转一圈，我和女儿都很失望，游泳池极小，有餐厅、健身房、保龄球、游戏机、美容美发屋等。Wi-Fi要另收费，说是租用海事卫星，免费7天给150分钟，我反正不用电话，尝试一下无微信、无中文电视、无电话的海上生活，可能有点不习惯。据说半年前预订船票需要300美元左右。我看了一下7天行程安排，2天在海上航行，4天上美属、英属半岛，也就是殖民地。

2023年7月30日 Norwegian Escape（挪威逃跑）游轮上

海上日记（二）

今天是7月31日，是海上航行第二天，我也说不清到了大西洋海上的哪里，瓦蓝的海洋，像蓝色的琉璃瓦，海燕（海鸥）随着游轮畅飞。

船上有许多餐厅，吃过早饭，我带着安安、康康去玩水上乐园。人很多，泳池很小，大人与小孩分开。

安安玩了一个多小时，我涂了防晒霜，穿泳装学美国人躺在躺椅上晒太阳，的确舒服，晒后颈椎、腰椎感觉松软。旁边的白人晒得不是发红就是变成了棕色皮肤。

中午，安安说她晕船，不去吃饭。我去船上的医院，找了晕船药，又拿了绿色苹果给安安吃，然后我也回房间休息。在阳台上看大海，越看越渺茫。几只白色的海燕（海鸥）在飞翔，真是勇敢的鸟儿。想起海明威与他的友人时常划着小船到深海钓鱼，如何与风浪搏斗？一个人在海上漂泊三天，就够受的，别说经风雨并与海浪搏斗了。

下午6点多，我带着安安、康康去吃饭，安突然晕倒，脸色苍白，大汗淋漓。好心的人们，有的去找警察，有的去找医生，有一位印度人说她是医生，给安安喂橙汁，又把安安放平在地上。我摸了一下安安的脉搏，心律整齐，只是略快。大约5分钟后来了七八个人，带着除颤仪、抢救设备、药物、氧气，迅速用白布单将安的周围围起来，检查后，给安安输上氧气，用推车推到13层的医院。他们的确很专业并迅速。

我两腿发软坐在椅子上，不一会儿，女儿出来问我："医生说，如果全面检查需要4000美元，查不查？刚才算急救已经花了1200美元。安安说不查了，太贵了。"

我毫不犹豫地说："查，主要检查心脏。"我知道是晕船，中午又没吃饭、喝水，可能是虚脱了。但仍不放心，再说船上人很多，没有一个人戴口罩，怕有什么传染病。

坐在我身边的康康流着眼泪对我说："姥姥，我愿意一生不玩游戏，换姐姐健康。"

我拥抱着康康，感动的泪水夺眶而出。

大约1个小时，检查结果一切正常，只是晕船、脱水，要补液。又花了5000美元，做了全身检查。总共花了6200美元。事后打电话咨询才知道，女儿买的最低的医疗保险可以报销。否则这医疗费用高得吓人。

我进去看安安，她脸色好多了，她有气无力地说："姥姥，花太多钱了。"

我亲了一下她脑门，安慰她说："没事，我们买过医疗保险

215

了。"当时没想到能报销。

两个孩子太懂事了，女儿怪我平日要求他们节俭的话说得多了，给他们压力大。

这件事，我体会到美国的制度明确，医疗体系高效、专业、迅速，但一定要出钱。说实话，刚才没有用一针一药实施抢救，收费的确太高了，但必须按照他们的标准收费。没有钱的人有政府专门机构负责，在美国旅游或者生活的人一定要买医疗保险。

晚上12点，安安输完液，回到房间。我的心终于踏实了。舱内有被海风吹的声音，阳台外呼呼的海浪声，船有点摇晃。明天上岸的地方是美属维尔京群岛夏洛特阿马利亚镇，这里拥有世界上最美的港口之一。很久以前这里曾经是海盗的家园。

2023年7月31日夜挪威逃跑游轮上，
前往加勒比海的大西洋海上

海上日记（三）

第三天，8月1日，早上六点半到多米尼加共和国普拉塔港。普拉塔港（正式名称为圣斐利普拉塔港）是多米尼加共和国第九大城市，也是普拉塔港省的首府。要欣赏壮丽的城市景观，可以骑车登上海拔2600多英尺的Pico lsabel de Torres山。参观圣费利堡（Fortaleza San Felipe），该建筑建于16世纪，在拉斐尔·特鲁希略（Rafael Trujillo）独裁统治下曾作为监狱。在海边，监狱建得像城堡。我花了2美元买了一张门票，进去转了一圈，出来眼睛又酸又痒，可能是闻到不好的味道。

前往琥珀博物馆，该博物馆收藏有独特珍贵的多米尼加琥珀，珀是树液经过数百万年的硬化，捕获了许多植物和昆虫生命的化石。

2023年8月1日Norwegian Escape（挪威逃跑）游轮上

海上日记（四）

第四天，8月2日，上午九点半到圣托马斯岛，是加勒比海地区美属维尔京群岛的主要岛屿。我的地理知识相当匮乏，搞不懂一个独立的国家，怎么又是美属，打开这段尘封的历史，一定血雨腥风。

有免税店，我简单逛了一下，商店破旧的电扇，空调都没有。有一位古巴裔的中年男人，开着一辆破旧红色卡车拉我们上山，拍了几张照片。我们带着康康坐在最前排。在美国，小孩乘飞机、汽车都坐在前边。女儿告诉我，在大街上，即便你是父母，如果打骂小孩，被旁边的人举报，警察可以把你带走。

夏洛特阿马利亚镇拥有世界上最美的港口之一。

潇和安安去潜水，我带康康去观光小岛，坐缆车上一座小山，俯瞰海港。这个岛是美属殖民小岛，很穷，很落后。司机兼导游讲小岛的故事，我让康康翻译，他说，讲的历史故事，不懂单词。等下车的时候，康康听懂了说："人家说你若喜欢他的导游，请给小费。"我笑了，我也听懂了。

本来说下午五点半开船，拖到晚上9点多才开。昨天是农历十五，因阴天没有见到月亮。今晚，我坐在阳台上赏月，这是第一次在游轮上，在中南美的海洋上，看着明月高挂在天空，我也搞不清这是什么海。游轮渐渐远离圣托马斯岛，海上风平浪静，月光洒在我眼前的海面。我望着明月发呆，"海上生明月，天涯共此时"。无论走到哪里，对月亮的情怀从未改变。

人类啊彼此尊重，没有战争多好。

很久以前这里曾经也是海盗的家园。

2023年8月2日 Norwegian Escape（挪威逃跑）游轮上

海上日记（五）

第五天，8月3日，到英属维尔京群岛托尔托拉岛，这个岛看上去略好些，免税店还分别打折50%至70%。这座充满异国情调的宁静岛屿由克里斯托弗·哥伦布于1493年发现，岛上有高耸的红木和白色的沙滩。该地区提供富有挑战性的徒步旅行，延伸至赛奇山（Sage Mountain），这里是观鸟和欣赏托尔托拉及邻近岛屿壮丽景色的好地方。

潇带着安安去滑索道，我带着康康在海港边散步。中午回到船上吃饭，窗外下起小雨，串串雨珠顺着玻璃滑下。中午1点多游船启航，在细雨中渐渐远离维尔京群岛托尔托拉岛。天边一幅海市蜃楼，云霞云雾缭绕，海水像绿宝石、蓝宝石。我想起西沙、南沙群岛，如果说我还想再坐游轮旅行，只想去自己祖国的海洋。一些外国人争议，有什么好争的，查当年南海岛屿的税交给谁，就是谁的领土、海域。

船上只能租海事卫星进行通信，8天要170美元。反正没什么急事，我还是用中国移动，但是到深海区域就没信号了，每当靠岸4G才能有信号。

晚上无聊，我打开电视，是一部讲述朝鲜战争的电影。在朝鲜战争中一个美国黑人飞行员，执行任务驾飞机前往朝鲜扔炸弹，被中国军人（一定是志愿军）打了下来，而他的妻子在家盼他归来。战争是残酷无情的，它让多少人妻离子散。因英语差，我看得半懂不懂，但是我知道，无论是谁挑起战争，都是全世界人民的历史罪人。

晚上10点30分，我坐在阳台上看星星，黑茫茫的大海，没有灯光，天空繁星闪烁，我极力寻找北斗七星。因阳台的局限性，我只能看见头顶上的这片星空，一会儿坐着看，一会儿站着看，一会儿趴在栏杆上看，不知不觉已深夜。船在夜幕中，向汪洋大海的前方驶去，很平稳。

2023年8月3日Norwegian Escape（挪威逃跑）游轮上

海上日记（六）

第六天，8月4日。今天整天在船上，早上4点醒来，梦见一位好友在一个小岛上找我，看到他，我一转身回来，他却不见了。他拼命打手机视频给我，我只能看到他，却听不见声音，在焦急中醒来。奇怪，我这些年几乎不做梦。

打开手机一看，昨天在托尔托拉岛打开了手机4G，一天就花了250元人民币，才知道北京暴雨，大家又在忙着抢险救灾，其中的辛苦我知道。祈祷北京和友人们平安！我又阅读了昨天下载的一位作家谈创作的文章。7点钟起床，打开阳台，听着船推海浪声，一片湛蓝的海洋。深深的海洋使我感到人的渺小、孤独。现在似乎才体会到，马尔克斯的《百年孤独》写的是整个拉丁美洲人民被殖民生活的百年孤独，伟大、不朽之作一定有深刻思想的支撑。我在想：一部文学作品，故事、结构、人物、细节、文字、语言、叙述及真实情感的投入是文学作品的基础，最重要的是思想，思想是文学作品活的灵魂。

吃过早饭。16层甲板上不同肤色的人们已经开始在游泳池里泡水，晒太阳，他们不怕湿气。这个船上大胖子太多，特别是妇女，胳膊比我腿粗，屁股似大磨盘，与身体相比头都不能自转，眼睛在转时白眼球多。我真替她们担心，这样也出来旅游，这就是他们的勇气，不管别人怎么看，只做自己喜欢的事。但是，听说他们心脑血管疾病的病发率比我们低。

美国人看不出明显的攀比。他们比谁有闲，抹上防晒霜、喷雾，冒着得皮肤癌的风险在海滩晒太阳，肤色越黑越喜欢。他们还比谁家的花园整齐好看。

我从船头走到船尾，有些场所规定明确，不到18岁不能入场。老年人大多手中拿着鸡尾酒、红酒围着大电视机，服务人员大多是菲律宾人。我们在船上除了吃饭，大多待在房间，别说喝酒，咖啡和茶我也不能喝。

走到16层甲板一角，有一个乒乓球台子，老伴问我"会不会打球"，我说"十来岁学校课外活动打过，约50年没打"。拿起球拍还能打，竟然还能扣几板球。一个人无论学什么，童子功很重要，我时常惋惜，如果我上幼儿园时开始学《三字经》、唐诗宋词、《诗经》、楚辞等，我现在驾驭自己民族的文字、语言就不会那么费劲，现在恶补也不如童年学习打好功底。

                    2023年8月4日Norwegian Escape（挪威逃跑）游轮上

海上日记（七）

第七天，8月5日，上午9点抵达巴哈马大马镫岛。

我们前往巴哈马的游轮均包含大马镫岛全日游。沿着柔软的白色沙滩漫步，有浮潜并欣赏水下美景，在水晶般清澈的水中划皮划艇，在 Wave Runner（水上摩托车）冒险中加速前进。这里的乐趣无穷无尽。在全新的 8500 平方英尺大的海滩自助餐中享用美食，然后在私人海滨小屋中放松身心。

站在面朝大海的阳台上，大马镫岛尽收眼底。不断延展，白色的房子沿着蜿蜒的海岸线排列，环抱着蓝色的大海。这里没有港口，分批把游客用游艇送上大马镫岛，太阳就像悬于天穹之上的一盏明灯。整个海湾在阳光下射出金光，碧绿的海水清澈明朗。

海上最后一天，来自世界各地的游客抓紧时间享受美丽的海景。先玩潜水、滑皮划艇、滑板等项目，再上岸晒太阳，他们特别喜欢抹防晒霜在太阳下暴晒。巴哈马大马镫岛是私人岛屿。细白沙滩，碧绿透明的海水，许多人在海中运动，看水下鱼和海洋植物。西方人喜欢海边晒太阳，以棕色皮肤为美。美国电视剧把美人鱼改为黑人（非裔），听说要把"白雪公主"改为"黑雪公主"，哈哈！天地轮回。

孩子们都下水去玩，尽情享受美丽的沙滩、翡翠般的海水，亲近海鱼和巴哈马海猪。

虽然大家都在沙滩椅子上放着自己的包包和手机，我已经习惯了"不放心"，怕丢了护照，被流放在这，宁可选择放弃美景，我也要坐在沙滩树下看包。遇见一位漂亮的黑人女孩，她自学3年中文，喜欢中国，我当然也喜欢这美丽的姑娘，"欢迎你来北京！"

我们当然希望我们的朋友遍天下。加强世界不同文化、艺术的交流与合作。

我躺在沙滩椅上，看着不同肤色、不同文化的人们对大自然的热爱，尽情享受生活。看到白色的海鸥扑向水面叼着一条小飞鱼，十多只海鸥都飞过来抢食。鱼会低飞，鱼儿能离水，开眼界了。

2023年8月5日凌晨在船上

海上日记（八）

第八天，8月6日，上午7点我们乘坐"挪威逃跑"号返回迈阿密。

海上7天体验风景如画的圣托马斯岛。这里的免税购物可能是加勒比海地区最好的，其蔚蓝的海水和海滩（如梅根湾）有着难以形容的美丽。乘坐空中缆车前往天堂角，欣赏令人惊叹的景色。托托拉岛是50多个英属维尔京群岛中最大的一个，其柔软的白色沙滩享有盛誉。驾车穿过首府罗德城，一睹其文化魅力，或者前往海滩，尤其是浴场，这是由巨大花岗岩巨石组成的地理奇观。最后一个港口是私人岛屿大马镫岛，可以在那里喝一杯冷鸡尾酒，吃鱼炸玉米饼，并沿着大西洋海岸晒黑皮肤。还有大量的水上运动，最新的岸上游览将乘船短途与著名的巴哈马猪一起游泳。

7天的海上旅游，我第一次体会了海上生活的滋味，年轻人喜欢，但我真的想尽快离开，海洋带给我更深的孤独感。

2023年8月6日凌晨Norwegian Escape（挪威逃跑）游轮上

诗歌

携冰川向山川河流致敬！

走进纯净透明的冰川世界
我一手牵着风,一手拉着你
在这透明的世界里
听风对山的倾诉
寒冷冰雪建造了如诗般流畅的冰川
把我们带进冰清玉洁的官殿
我梦着剑与诗的远方
拥抱冰川的通透和豪迈情怀
大山是高傲的头颅
冰川是冷峻坚硬的脊梁
用唐诗宋词元曲谱写最美的华章
那是因为有这样的山川河流
无论经过多少曲折
她都奔腾不息流入大海
正是因为有这样的千山万水
正是因为有经久不衰的中华文明
我们才拥有这般美丽的冰雪嘉年华

　　　　让我们携冰川向山川河流致敬！

　　（看到一位年轻朋友，她在京郊白河湾，怀柔区的白河峡谷拍的冰川照片，一片纯净透明的世界，有感而发，写打油诗一首。我本来是喜欢古诗词的，太难学了，词牌格律、对仗押韵。现在我理解当初为什么选择白话文、现代诗）

　　　　　　　　　　　　　　　2022年2月3日虎年大年初三

世界

世界像一个旋转舞台
你方唱罢我登场
政治家都想扭转乾坤
青史留名
天时地利人和
让你陷入泥沼
无法进退
这个世界变了
那么的大也那么的小
世界发达了
能听到各种声音
都说自己有理
都说自己讲理
世界到底有无评判是非的标准
世界进入两难的选择
一切概念规则能够证明对错
但又不能证明

这个世界进步还是退步

每个人看世界的角度不同

善良的人们害怕战争

失去亲人和家园

有时，我们总是想和生活讨价还价

想索回生活中我们错失的机会

错过就无法完全回到从前

热爱世界和平的人们

情不知所起，一往而深

2022年2月9日俄乌战争进入第十三天

先哲的不同

苏格拉底
我与世界相遇
我自与世界相蚀
柏拉图
上帝总在使世界几何化
亚里士多德
我爱我师
但我更爱真理
孔子
不患人知不己知
患不知人也
老子
天下万物生于有
有生于无
释迦牟尼
色不异空
空不异色

色即是空

空即是色

不要轻易说中国只有哲人

没有哲学

只是不同的表现

现象是本质的符号

西方人看花

更多是仰望

给花赋予神性

花是希腊众神落入凡间的身影

东方人看花

更多是俯视

在花中找到自己

六朝人在莲花中悟到佛心

唐朝人在牡丹中看到荣华

与其狂妄地追求永恒

不如珍惜把花开之美留在心中

抓住瞬间的完美

在草木生机中

探寻自然灵性与花之美

2022年2月10日

元夕

一群鸳鸯冰上来,
红墙碧瓦寒留雪。
火树银花元宵节,
汤圆月圆逐人归。

2022年2月15日元宵节

那年木棉花开时

三十年前
海边,两岸的年轻人
讨论一个话题
儒家文化与现代化
二月,北方冰雪寒天
寒风刺骨
二月,海南温暖如春
椰风海韵
红色木棉花静静开着
绽放的青春洋溢的花朵
年轻人,傻乎乎坐在一起看月亮
又圆又大
讨论,没有结果
争得面红耳赤
后来,我懂得
润物细无声的道理
三十年后

两岸的老人

又聚在海边

就是当年的年轻人

讨论，玄玉时代

没有文字的时代

用玉器证明我们的文明

三十年

我们跨越了岸和沟壑

我们跨越了自己和时间

我们没放弃人生与理想

我们用生命来书写

我爱你中国

三十年

我们终于看到

《千里江山图》的传承

只此青绿

北京冬奥会的中国元素

冰上舞蹈的"化蝶"

让全世界知道

什么是中国艺术的美

这还不够

我们还需要更多的文化复兴

三十年了

回首往事

我们无憾

有人在历史长河留下了脚印

有人追逐这些脚印艰难前行

为了明天

继续努力前行

2022年2月16日

春意

清晨牛奶色的天空
雾霾交融
春天怎会来得那么容易
不经过狂风和骤雨的荡涤
哪有春色满园
一切都在变与不变之中
大自然按着自己的规律
不慌不忙地轮回
春风吹拂嫩绿的柳芽
大地回春
睡了一个冬天
慢慢苏醒
人创造了自己的生存规律
不停地放弃、选择
寻找适合自己的角色和生活
遵从自己的内心
活出自己的模样

不受别人影响

也不要想随意改变别人

人与自然界最大的不同

人有思想

失去思考的能力

人就是木偶

无论如何

春天迈着自己轻盈的步伐来到

春雨绵绵

百花争艳

春意阑珊后迎接夏的到来

2022年3月10日清晨

春寒

春天像孩子脸说变就变
雪花突降
落在大地化作泥水
三月的桃花抿着细雪
迎春花托起雪的晶莹剔透
春风因雪的净化
空气清新脱俗
吸进来的是清凉、是清醒
呼出去的是废气、归尘土
这就是生命的吐故纳新
事物和规律一样
不断地变化
创造自己生存的空间

松鼠寻找果实
猫咪躲在角落
动物是有灵性的

三月春寒料峭的春天

在乍暖还寒的春风里

花儿们，刚刚绽放

被雪覆盖

谁说花儿娇弱

在颤动的春风里

她昂起头来

淡淡一笑

默默一瞥

留下深情的记忆

2022年3月18日龙潭湖

站台

在站台上看天空飘着细雨
还好,头上有一个拱形的圆顶
给我们挡雨
你看着我,我望着你
站台对面,是来往的高铁
车窗里的人不停地看着窗外
窗外的世界飞快
车轨扛着承重
从不呻吟
站台上的我们等待
等待载我们的列车
搭上这辆车
去我们想去的远方
站台上的车川流不息
站台上的人你来我往
有的人上车
有的人下车

搭上了好运

错过了就另一番天地

理想与现实当面冲突

理智与情感两不相容

人生的列车没有回头

上车一直往前，没有尽头

你可以在站台小憩

抽口烟，喝口酒

呼吸新鲜空气

只要你还有理想

带着我们对生命的诚挚

你拉着我，我牵着你

无畏病痛和苦难

继续前行

2022年3月29日凌晨

人间最美四月天

那年四月
我飞去昆明见你
你很忙,我们只见了一面
那年四月
我飞去西安见你
你很忙,我们在路边吃砂锅豆腐
还好去了黄帝陵,大、小雁塔
那年四月
你说飞去洛杉矶看我
你又很忙
我们擦肩而过
那年四月
你飞来北京看我
我因我的职业
不能见你
我有我万不可以的理由
但是不能对你说

时光流转

我们错过了三十年的四月

今天又是四月

瓦蓝的天空挂着嫩绿的柳芽

桃花盛开满园春

垂柳桃花两相知

2022年4月2日

时代

二十世纪八十年代
一个充满希望的时代
大学恢复高考
工人开始生产
农民有自留地
大家开始过上安静的日子
改革开放以经济建设为中心
读书、考学,恢复经济
攒一年的钱买一辆自行车
前边坐着孩子
后面载着老婆
越骑越有劲
充满希望向前奔去

二十世纪九十年代
国门越开越大
出国留学

做生意
下海创业的人越来越多
到处是生机蓬勃
发展是硬道理
人们开始有了
冰箱、彩电、洗衣机

二十一世纪初
高等教育见成果
硕士、博士越来越多
计算机
网络化
人工智能
区块链
航天科技
我们的经济
贸易发展终于追赶向前
几代人的努力
几代人的心血
终于看到希望
今天谁好意思躺平、内卷
好日子就是不折腾

2022年7月9日凌晨

细雨思悠悠

微风吹斜细雨
槐花撒满大地
长青的树叶水粼粼
思悠悠
想起那年在英国剑桥
中世纪哥特式建筑
高耸带尖
满满的英伦风
绿树成荫
透过树叶的缝隙
有一条康河
神秘而又浪漫
河上漂过一条小船
男孩在划着双桨
女孩坐在船上微笑着看着男孩
这样浪漫的大学
没有如诗般纯真美好的爱情

才怪

徐志摩：载满一船星辉
悄悄是别离的笙箫
生命留下灵魂的真谛
谁又能带走天边的一片云彩
林徽因：你是人间四月天
那一晚我的船推出河心
人生若只如初见
两个人各认取了生活的模样
小雨淅淅沥沥下个不停
我爱这细雨绵绵的天空
吹远了天上的一缕云
我爱这细雨中的青草
眼前一片温柔淡绿的和美
绿草纯洁的清香
慰藉干涸的心灵
脚下两条道路
各自向远方延伸

2022年7月12日龙潭中湖雨中

月亮去远行

每到十五，遇到晴天
月亮女神姗姗而来
从山边、从竹林、从草坪
从河边、从静湖、从大海
从遥远的地平线
从四面八方而来
每个人站位角度不同
每个月亮也就不同
有时皓月当空
月光洒满大地、村庄、河流
山河大地月光银白
有时祥云追月
月亮时隐时现
在云朵中穿行
与人们捉起迷藏
有时天边思念

嫦娥、玉兔、月桂树
人间、地上、长相思
有时静空高悬
仰望地球
但它却是那么高冷
月亮——太阴
做一颗忠诚的卫星
默默地围绕地球转
从不改变，也从不抱怨
我们仰望天空
永远与月亮保持遥远的距离
只能远望不可触摸
即使月亮去远行
也时刻与我们相随
假如天空没有月亮
人类失去多少诗词歌赋
人们将失去一半的美好
黑色的夜空，长夜漫漫

2022年7月13日凌晨

观海

海水编织的浪花朵朵
涌现岸边
人们眺望大海的远方
想看得更远
他们没法看得更远
也没法看得更深
即使潜海下沉
也是千米的水下世界
世界上任何事物
没有绝对
沙滩上点缀着小贝壳
蜘蛛蟹、小海螺、小海星
它们被海浪卷上岸边
大浪淘沙,规律
关键是谁是大浪谁是沙
浪花拍打着礁石
高高举起,又重重摔下

是锻炼还是创造更美的画卷
壮观，浪花似天女散花
黑色坚硬的石头
冲刷得又亮又硬
海浪一浪高过一浪
无论你是否愿意
后浪永远推走前浪
红色的夕阳从西边的小山
缓缓下落
最后一缕霞光渐渐消失
我已习惯了送别

2022年7月15日上午

梦回故乡

故乡
在大漠远方
故乡
在黄河边上
故乡
远在西夏
故乡
近在心上
故乡的小曲
贺兰山的岩画
香喷喷的羊杂碎
松软掉渣的油饼
奔腾不息的黄河水
筑就我青春成长
一次又一次告别亲友
绿皮火车，小飞机
载着我泪别故乡
告别中成长

成长中告别

当我年老

告老还乡

故乡的人依然对我那么亲切

我什么都没奉献给我的故乡

他们从不嫌弃

纯朴的微笑

还是那碗羊杂汤

我的心回家了

走进大漠深处

遥看浪逐天际

你会无语；

夜晚凝视天空

满眼星汉灿烂

你会沉默

这是因为大漠的浩瀚

和星空的深邃

超出了你理解和想象的极限

你无法找到合适的语言表达

它们在你心中引起的震撼和感动

梦回故乡

沿黄渠东岸前行

远望黄麦青烟……

长河落日圆

2022年7月18日夜

纯真

湖面上漂过一个桨板
划桨上一对顽童
结伴嬉闹
传来一阵阵纯真的笑声
笑得那么清纯干净
那铜铃般的声音
没有任何杂音

阳光闪烁
波光潋滟
夏日优雅的睡莲
静静地看着这对
纯真的孩童

这纯真的笑声
是世界上最美的声音
纯真

它是人类最崇高的品性

我看到了男童眼睛透明的
纯真
我看到了女童眼睛清澈的
纯真
不知什么时候
纯真成为稀罕物
当我们看懂了
这个世界的运行机制
仍然保持着人性的善良和纯真
多么可贵

如果看不到纯真的眼神
哪里会有纯真的心灵
纯真的时代
一切都能通货膨胀
唯有纯真不可以
纯真就是
敢于真实
敢于真诚
在现实面前不扭曲灵魂
所以纯真那么稀缺
所以纯真那么高贵美好

太久没有见过这样清澈透明的眼神
孩子，感谢你们
让我历经人性的圆滑世故后
又看到了人性的光辉
——纯真

2022年7月20日上午龙潭中湖

回头问夕阳

夕阳静悄悄地
落在龙潭湖西边杨树林中
树叶托着一片七彩的晚霞
稀疏的树影儿
横斜在湖水中
夕阳不那么耀眼
落日却很是辉煌

回头问夕阳
何为真情
回头问夕阳
何为永恒
回头问夕阳
何为建功立业
回头问夕阳
何为人生的意义

有人以为
曹操能以布囊盛沙塞断长江
苻坚自称投鞭可以断流
运筹帷幄
退而泛舟江湖的范蠡
最终又在哪里

如今
江上的好风依然在吹
曹操享受不上
苻坚享受不上
范蠡享受不上
唯有长江依然是长江
夕阳还是夕阳

狂傲不羁没用
人在宇宙与历史之间
只不过是一个匆匆过客
一粒小小沙砾
谁会为我悠悠
念天地之悠悠

2022年7月22日 龙潭中湖

秋来了，玉带鸟来了

秋来了
树叶变得深绿
变得深沉
层林尽染
青草依依
紫蝶伴着黄蝶
在草丛中飞舞
秋风徐徐吹来
秋带来凉爽
混沌中走来一片清新
清新的空气
淡雅的芳草

玉带鸟来了
或许是因为秋的缘故
玉带鸟吻着柔美宁静的睡莲
·莲香淡似当初

秋风吹皱了湖水
玉带鸟飞向远方
红莲躺平云水间
　遥望天空
心藏日月星辰
远离世俗守清纯
　不沉沦
风儿追着细雨
鸟儿追着星空
蝶儿追着青草
莲儿追着旧梦
　　追
追寻着生命的真谛

2022年8月8日上午龙潭中湖

清秋的云朵

清秋京城的天空
云卷云舒
来去自如
水晶般瓦蓝的天空
云儿朵朵
像白莲花
在清风中漫步云端
云儿像羽毛笔
书写了欧洲中世纪的历史
云儿像一头雄狮
觉醒后的怒吼
云儿相互守望
天空洒满了岁月的缱绻
无论云儿是飘忽不定
还是亦幻亦真
世上没有相同的一片云
云如玉盘似罗衾

翩翩起舞在蓝天

云儿挥舞退去

迎来夜空中不昧的那颗星

2022年8月16日

风轮似年轮

风轮似年轮
矗立在云儿飘然的
蔚蓝天空
湖边的草场阳光漫游
蝴蝶不动声色
在花丛中穿行

耳边传来蝉儿在树林中
齐唱知了的声音
不是一只两只
一片合唱的感觉
音律竟然那么整齐
我四处寻找
却不见一只蝉影
谁是指挥家
或许是蝉的心声

看，野鸭怎样入水
看，鸿鹄怎样回飞
树木
从叶子到枝条
从枝条到叶子
秋来了
林木泛黄
秋色晕染
硕果累累
盼望果子能系住生命的藤蔓

风轮似年轮
年轮似人轮
仰望天空
不见鸟儿自由飞翔的印迹
人类精神的天空又高又远
永驻历史的天空
别丢失自己

2022年8月25日 龙潭湖

秋意

树树染秋色，
叶叶闻秋声。
桂花挂蓝天，
银杏落满地。
粉黛风中舞，
远处鸟鸣声。
风大蓝天透，
心大揽乾坤。
皓月醉中湖，
无心便无愁。
月下品茶香，
天凉好个秋。

2022年10月11日

初冬

木枒尽枯黄,
红叶寄风长。
秋霜往昔别,
望月叹忧伤。

2022年11月15日

我不希望"躺平"

我不希望躺平

事实证明前两年

我们抗疫的结果是最好的

结果证明

我们的死亡率最低

也没有完全停工停产停学

今年

我有些困惑

一年没出京

一年坚持72小时核酸

大家都在看

大家都在等

信息满天飞

这个专家说

要严防死守

因为它是传染病且加速传染

那个专家说

它是传染快

但致重致死率降低

所以出现

左手要核酸

右手撤点位

我不想躺平

我也不想折腾

能否明确

机场、火车、医院

及室内密集场所

还是要48小时核酸

公园、室外不要核酸

并戴好口罩

能否无症状居家隔离

没有条件的集中隔离

重症上传染病医院治疗

我不想躺平

我愿去接受

离京回来居家三天两检

我愿去旅游地落地检

智慧就是

坚持精准防控下

恢复人们正常的生活
如果该死的奥密克戎
死缠着十年不走
我们还能这样陪它十年
远方的老人
隔离在家的老人不能看
人们不会焦虑也会发疯
我期盼不躺平
但能正常地生活

2022年12月5日

送别

2022年的最后一天
我在首都机场送别你们
我第一次送别你
二十二年前
也是在这个机场
你赶往伦敦上学
我哭得泪眼蒙眬
这次你们真的与我远离
你已经不是一个人远行
这些年
我紧紧地把你们搂在怀里
事无巨细
我时常抱怨你怎么不理解
我的母爱
你却挣扎着说
您的爱我感觉到很沉重
我应该有我自由的选择
无论爱情、婚姻和事业

无论在哪里居住和生活
我们无法统一认知
统一思想
你近四十岁了
我却没搞清什么样的母爱
你才懂得
你才认可
我爱你们胜过爱自己
我阳了不害怕
你们阳了我却紧张
还好老天保佑
两三天高烧过去
还好你们在我身边踏实
这次是真的远行
小鸟翅膀硬了总是要飞
我仿佛听到
天空中云朵里
有个声音对我说
放手吧
放开给你自由
或许才是我最好的爱
人生谁不是
在无数次送别中成长
看着你们离我渐远的身影
流下不舍的泪水

你们不属于我

你们应该属于自己

选择自己想走的路

或许这就是我给你们最好的爱

挥手自兹去

目送你们远离的背影

无法追

不能追

不必追

不再追

我们一同告别2022

我们是幸运儿

当世界新年钟声敲响

送上我的祝福

明天将是新的一年开始

太阳依然从东方升起

让我们共同拥抱2023

新桃换旧符

牵挂在心头

想念在梦中

春天盼归来

2022年12月31日北京龙潭湖

春雪

天阴沉沉
傍晚
春天的雪花
轻柔自在地从天而降
车子在春雪中前行
细雪落在车窗滑落
顺势化作泥水
融入大地
前门淡黄的华灯下
细雪像钻石而落
雪花撒在古老的箭楼
屋檐滑落的雪变成
一串串
晶莹剔透的水晶项链
夜色古老透明
清晨
去寻昨日的春雪

月白色的天空挂着
一朵朵
蘑菇般的白云
相互追赶着
春雪洗尽铅华的天空
空气格外清新湿润
淡淡春的气息
大地悄悄苏醒
节气到了
春雪无法永驻
化作春泥滋润着大地
寺庙里
红墙下
嫩黄色的蜡梅开花了
春天来了

2023年2月10日龙潭湖

无题

蜡梅迎春开,
寻常草木知。
问君何时归,
寺后蜜香黄。

2023年2月28日

致聂鲁达

你从智利森林走来
你的人生三大主题
爱情、诗歌、革命
就像你说的三只耳朵
你的爱情
流着泪水拥抱相吻
你的诗歌
充满了寒冷烈火与魂魄
你的革命
诗人浪漫的情怀与理想
你参加保卫西班牙的抗争
你就背叛了智利
《西班牙在我心中》
你是诗人是革命者
还是背德者
爱情和诗人都离不开
时代这个大背景

你是一个绝望的人

在荒野中寻求

最后一朵玫瑰

许多人说

你曾经是个重要的政治家

你说这传奇的故事

从哪里冒出来

一般来说

每场革命都对应着数位诗人

不知道革命造就了诗人

还是诗人成就了革命

你是诗人还是政治家

留在历史

或许这些都不重要

你用诗人的笔独立的思想

书写自传

《我坦言我曾历尽沧桑》

我在春天里阅读

却感受到寒气

玫瑰悬浮在半空中

象征着某种美好

但遥不可及

玫瑰带刺

有时带着一滴透明的水珠

很难用一句话来说
你是诗人还是政治家
你一个人
就是一段复杂的历史
还是一个时代的历史现象
你丰富的理想和复杂
注定了你历尽沧桑
然而，历史不断前行
寻找荒原的玫瑰者不会停步
巴勃罗·聂鲁达
你很勇敢

2023年3月23日龙潭湖

那时候

那时候
一晃就是三十五年
南渡江畔
典雅的钟楼静立
依街傍水
看人来人往
那时候
南洋回家的侨乡
建造有点巴洛克风格的
骑楼老街
骑楼不高
精雕细琢
一派南洋建筑风格
走进骑楼老街
仿佛走进时光隧道
我曾骑自行车在这里
给女儿买小花布连衣裙

喝椰汁、吃海南粉
那时候
我走进东坡湖边的泰坚楼
一待就是七年
清晨小鸟、知了不停地唱歌
铁矿楼顶上
皓月当空
我们一起谈天论道
椰风下
陪女儿弹钢琴
学游泳
细雨中
每晚去东坡楼上课
那时候
校园没有几栋楼
到处是花草树木
幽静的自然生态
那时候
月亮又大又圆
我们坐在这个台阶上
看月亮从柔静的湖面
缓缓升起
那时候
人情重于泰山

我们在南校门口
吃一块钱一碗的意面
倾听每个友人的心声
　　今天我回来
　椰子树，鹅掌藤
　　又高又大
　我轻轻抚摸着它
　它早已忘记了我
　　　人走了
　情却留在心中
青春最美的回忆

2023年4月4日海南大学国际学术交流中心

月光下的漫步

月亮会给人启示
尽管常常归于徒然
如果你曾留意
难道不觉得
她跟文学和宗教启迪
迥然相异
月亮来去之际
都会营造一个诗意的世界
提供耐人寻味的故事
也会留下圣神的开示
庄严如许
意味深长
经受岁月和时光的淘洗
为什么不乘着月色漫步

月亮淡出天际
又复如何

仰首邈远的苍穹

月亮为地球所吸引

而地球

反过来接受月亮的作用

尽管月光

使沉思的漫步者无复他求

月下漫步的人很清楚

因为月亮

他的思想才会潮流涌动

只因夜色

我才会命笔宣说

夜色如此恬适

如此静穆

如此美丽

给灵魂以疗救

予精神以滋养

馥郁芬芳恰如其分

露香弥漫

在夜色拥抱中

我们得到休憩

然后觉醒

月亮丝毫不亚于太阳

她借太阳的灼目光华

一派娴静优雅

她时而穿过云层
时而又庄严地跃上苍穹

朦胧月光下
人便无从置喙
不得已之际
也只有拿月亮说事
多数人在白天散步
个别人选择夜晚
两者差别势分已霄壤
皓月当空
天地间一派新奇
只有月亮和星辰
还有海的波浪声
在白月光下
海面银光闪耀
海上一片光辉
如同碧空
整个大海远礁
变成影子世界
更加姿态万千
魔幻深邃
月朗星稀
海风轻吹

海上的小舟

与群星相依为命

难怪世上有占星者

也难怪船上的人

与星星两相应

月亮从不将另一面转给人看

思想的光芒

自有其遥距地球的轨道

且给予夜行者鼓舞和指引

毫不亚于星辰和月亮

在没有月光

照亮海边的夜色中行走

纵使星光微弱

我也心存感激

星光的明暗

完全取决于我们自己

无论是领会深远思想的点滴

还是领略银色月光的圣洁

还是夜色深沉的包围

我都会满怀谢意

2023年4月11日夜神州半岛泰悦居

秋曲

槐夏暂别离，
归来已是秋。
狸奴兴有余，
青苔伴晨阳。

2023年8月19日龙潭湖

秋思

又是一年秋叶黄，
一层秋雨一层凉。
明月沧海归南山，
嫦娥孤栖有谁怜？
北平明月照秋思，
如月之恒南山寿。

2023年9月17日

好好活着

好好活着
小饼如嚼月
乡愁味觉思
好好活着
秋雨滴屋檐
共剪西窗烛
好好活着
拨云睹青天
追月人长久
好好活着
灵山莫远求
就在汝心头
好好活着
老来身犹健
中秋送平安

2023年9月25日中秋前夕

我等雪来

冬天来了
天阴灰蒙
天冷风硬
一夜间树叶飘零
芦苇渐白
枯枝孤独地看着天空
大地一片黄色
张开渴望拥抱天空的双臂
等待
冬天来了
农夫可以喘口气
休养生息
在炉火旁
边喝茶边烤红薯
医生应接不暇
流感
支原体

新冠
病毒
病毒折磨人类
只要在人群里
就能听到咳嗽声
咳嗽成为冬天的声音
冬天来了
岁暮天寒
魄散魂飘
寒蝉僵鸟
寒气逼人
只能躲在小屋看天下
冬天来了
天寒地冻
湖水成冰
冬的景致
冬的冷静
冬的穷思
冬的理性
理性成为底线
冬天来了
鸟儿飞向温暖的南方
我和大地一起等待
等待只有属于冬天

震撼我心灵的一场白雪

乾坤白色

山水重情

一片雪花

二片雪花

三片雪花

没有一片相同

每一片都是独一无二的美丽

人生如雪

雪泥鸿爪

我等三丈雪

雪赏梅花醉

如果冬天无雪

将是冬的遗憾

我等雪来

2023年11月25日龙潭中湖

冬蓝

天蓝不知处,
无云也孤独。
寒鸭栖落叶,
白沙绕冰湖。

人若不知处,
举头问苍鹭。
孤帆已远去,
风伴白杨路。

(前日游通州区东郊湿地公园有感。那里有"白沙观鹭",白沙是自然形成,不是人工堆积。这个公园少有人工雕饰,保持自然生态,我去时无人,轻松、安静。我一直想白沙哪来的?未果。写打油小诗一首)

2023年12月1日龙潭湖夕阳下

致南中国海

在阳台上
远望眼前的南海
以前只是在地图上看到
几年前
偶遇了这片海
那是阳光明媚的春天
天蓝云淡
眼前的海
蓝绿交替
在太阳下编织着各样的浪花
我喜欢在这小屋阳台
就能看到我们的南海
我喜欢海浪的波涛声
把我带进历史上的南海
西周时期记载了你
东汉时期
你的名字叫涨海

南海郡

碧绿的海水

架起了

海上丝绸之路

张骞出使西域

满载着

丝绸、茶叶、陶瓷

换回来

胡萝卜、胡椒、黄瓜

郑河七下西洋

震撼世界航海的历史

我们的文化走向世界

眼前的这片海

凝聚了我们祖先的智慧与创造

捡起沙滩上的贝壳

仿佛看到

他们在海上驾船远航的情景

中国龙帆

在惊涛骇浪中飘扬

珊瑚礁

水下精灵

珊瑚是有生命的

那么美丽

黄色、蓝色、白色、粉色

五颜六色的鱼儿

绕着珊瑚游玩

海草、鲸鱼、珍珠

搭建起神奇的海底宫殿

南海龙王敖钦

行云布雨

消灾降福

这美丽的神话传说

传着

古老中国南海人的信仰

沉默在海底的陶瓷、瓦罐

装满了沉重的历史

鉴真东渡日本

漂流三亚

冼珍

海瑞

东坡

白玉蟾

还有许多中华儿女

他们守护着南中国海

化作星星

留在南海的浩瀚星空

落笔洞的仙女

伴着海上月光翩翩起舞

日月星辰

南海的星月最明亮

晶莹剔透

北斗星和南辰星

创建了回棋

船形屋载着李白的月亮

在墨蓝的南海夜空

摇啊摇

遥望南海

回望古今

我噙着热泪拥抱你

南中国海

2023年12月30日海南万宁神州半岛泰悦居

慰平生

我有半壶酒，
足以慰平生。
仗剑天涯路，
悟道看后生。

2024年1月3日

大洲岛

眼前的大洲岛
仿佛伸手可触
被浪花拥着
静静耸立在海中央
海并不遥远
大洲岛
又叫燕窝岛
金丝燕在崖上用唾液
编织自己的梦想
那就是燕窝
海并不遥远
海水由蓝变绿
阳光下翡翠般的碧绿
碧绿的海浪飞起
后浪推着前浪
以摧枯拉朽之势
把海浪变成白色浪花

推向海岸

变成细小的泡沫

消失在沙滩中

眼前的大洲岛

让深不可测的海围着

离我们并不遥远

月明星稀

大洲岛在海上时隐时现

金丝燕在洞穴中

甜美入睡

海风挂在你嘴角

海浪悄悄涌来

梦孤零零的

迎接明天的太阳

2024年1月8日神州半岛泰悦居

光

天空的光

穿透乌云洒在海面

海水潋滟

孤帆远影

人在光海间

勇敢地驾着小船

孤独地远行

光那么亮

照亮了整个大海

海水变成一面镜子

又照亮了天空

天空无一物

才能容万物

我心中也有一束光

不惹尘埃俗世

2024年1月12日晨神州半岛泰悦居

花树

紫荆花
在温暖的阳光下
相互依偎
向天空绽放
宛如一片紫色的云霞
又像是一片紫色蝴蝶
灵动地在空中翩翩起舞
梦幻般的仙境
紫荆花
仿佛天空边
轻风中的一位温婉佳人
身穿紫色云裳
姗姗而来
枝干、枝丫在天空中
演奏古老的八音
紫荆花
满树绚丽缤纷

恣意挥洒生命的美丽

即使在风雨中

她依然摇曳迷人

仿佛那江南女子

优雅地回眸浅笑

紫荆花

五片花瓣

花柄只有一个

花朵离蓝天越近

根深深扎在脚下

这片万年的红土地就越深

2023年1月14日神州半岛泰悦居

雨燕

你生来就属于天空
一生几乎都在天空飞翔
捕食、洗澡、喝水、繁衍
更惊奇的是
你边飞边睡
褐色、黑色、绿色、紫色
尖尖的翅膀和叉尾
划向天空的精灵
你不知疲倦
总是那么游刃有余地迁徙
你不属于大地
只属于天空
就像有些人只属于时代
不属于自己
雨潺潺
雨燕飞
直冲九天银河
无奈不见故人心未休
雨燕何时归？

2024年1月14日神州半岛泰悦居

太阳河

你静静地从红顶岭走来
多少人喝着你的水走向南洋
白发归乡兴隆的茅草房
于是有了兴隆华侨村
太阳河的水滋润着这片土地
咖啡、橡胶、胡椒、可可
万物生长
太阳河边
白鹭跟随着水牛
看天看地看水牛
水牛只顾埋头吃草
不知它如何护佑白鹭
白鹭只是在水牛旁边
水牛和白鹭都不声响
看上去不般配的两类
不同的动物
竟然是一幅最美的画卷

绿色远山

小小滩涂

嫩绿的水草

高矮不一的

水牛和白鹭

远处小山羊闲庭信步

仿佛世界只有自己

岸边树上开满

紫薇绣球

圆拱式的太阳桥

分开了河与海

北面是太阳河

南面是太阳河的入海口

直至大海

太阳河啊

你默默地养育着这片大地

却从不张扬

看上去

你没有那么宏伟

你只是清澈宁静

悠然自在地流淌着

唯独你静静地

流入港北小海

去拥抱蓝色海洋

与太阳河相伴

仿佛你也沾染了

那份清静与淡然

不为世俗所束缚

在纷繁复杂的世界中

找到属于自己的天空

拥有太阳河水般

清静的心灵

去感受生命的美好与真谛

2024年1月19日晨神州半岛泰悦居

你在雪花中漫步

你在大雪纷飞的红墙边漫步
红梅傲雪怒放
你深深吸着雪花的清香
凝视远方
层林霜染
雪花雕刻树的冰雕
红墙绿瓦中白雪飞舞
一个冬天的童话世界
雪从华灯落下
一束光就是一个希望
光可以让生命影响生命
光也是信仰的源泉

寺庙的钟声渐渐远去
高僧在雪中石板路上漫步
长长的路
慢慢地走

飞雪过后

古寺无灯

月更明亮

红墙下一丛丛黄色蜡梅

冰雪素裹

禅意深深

你在有我的世界

追求无我

2024年1月20日大寒神州半岛泰悦居

冬天的大海

冬天的大海无雪花
有风、有雨、有浪花
冬天的大海孤寂
苍凉而又辽阔
由远到近
蓝色、青色、碧绿色
绘制大海的五线谱
奏出最美的交响乐
海洋交响曲
大海的乐章
翻滚的海浪
拍打着礁石
气势磅礴
一浪推着一浪
后浪推着前浪
生生不息
经过命运交响曲

最终还是回到

黄帝一曲《咸池》

那几千年的鼓瑟鼓琴

陶鼓、铜鼓、皮鼓

那悠扬的古琴声声

从大海飞向遥远的天空

弹唱着千古风华

风浪过后

大海安静下来

如熟睡的婴儿

梦中露出甜美的微笑

海风带走浮躁

我们的心变得湛蓝清澈

2024年1月26日晨神州半岛泰悦居

后　记

　　《人生有情》这本小集子，是我一年多的随笔和诗歌。边走边看边写。不知哪里来的力量，有时瞬间的感悟马上就写，无论是中午还是夜里，不吐不快。无论好坏，都是我心灵真实的体验和感受。

　　这一年，我从北京到海南又回北京，还去了阔别26年的美国。当飞机降落在洛杉矶机场，机场老旧，与首都机场和新建的大兴国际机场差距太大，但他们的管理还是非常有序。

　　奥兰多的美丽与宁静，太适合老年人养老，松鼠、鹤、白鹭、火烈鸟等各种动物与人和睦相处。灰鹤常常与人一起散步，偶尔还会有熊光顾，康康教给我，如果你遇到熊要慢慢后退，不要吓着它。Lake Mary美好的湖畔、夕阳、晚霞刻在我记忆之中。

　　波士顿现代与美国式的古老建筑风格相融合，特别让我记忆犹新的是哈佛大学，它不只是一所大学，以剑桥市为原点放射到整个波士顿，高等教育、科技科研、文化艺术、图书馆、博物馆，百年的老教堂，美丽的查尔斯河畔令人流连忘返，波士顿——让人回味无穷的智慧文化教育之城。上百年的老学区房，出售就被抢光，这些老房子，任何人不能动其内部结构。虽然美国只有三百年的历史，但或许他们更加懂得珍惜、保护文物。可惜只住了一周，无法有更深地了解领悟，只是走马观花。

美国，在我眼里眼花缭乱，每个州的法律都不一样，好的一面是太自由，人的个性充分发挥，创新创造能力成为他们发展的动力；缺点是人性恶的一面，不加以约束的违法行为，比如在洛杉矶说是不超过一千美元都不算犯罪，更不堪入眼的是有的地方还有人与动物恋爱等。法律法规很细也很严，大多数人非常友好善良！

美国是一个太自由的国家，跨越道德底线的自由是值得商榷的，世界上任何制度没有绝对完美，我选择尊重。这次去美国，我才理解胡适先生说的"容忍比自由更重要"。容忍是华夏民族文化特性之一，容忍、宽容、包容是更辽阔的胸怀和更高的格局，孕育着更大的开放；自由孕育了独立。学贯中西的胡适先生提倡西化，但骨子里的文化基因始终无法改变，就像生活中他提倡恋爱自由，反对包办婚姻，但他婚后恋爱多次，却始终没有与母亲包办婚姻小脚女人江冬秀离婚，而投奔自由恋爱的婚姻。

拉拉杂杂记下当时的心情和情景以及自己的感受，是随笔也有日记或者诗歌。我本心非常喜欢中国古诗词，但因缺乏训练写不出，只好用现代诗歌抒发当时的情感。

无论是写小说、随笔还是诗歌，都是在不断地学习中完成。文学来自生活，如何有仪式感艺术的生活，也是一种能力。

今天是龙年的正月十五元宵节，在海南万宁神州半岛的海边，早上起来先吃了五个黑芝麻元宵。海边鞭炮声声，听说东澳镇上有舞龙舞狮，我现在已经不喜欢凑热闹。吃过早饭，我沿着海岸线散步，草地上撒满鞭炮的红色纸屑，草地被人踩过变得枯黄无力。海风拂面，往东方走去，太阳被乌云遮住，时隐时现，阳光透过薄云，光柱穿透大海，远方有艘游艇向深海远处驶去，远方的海究竟有多远。我遥望远海，海天一色，想念友人，想念北京。崇文的老豆汁小店，淡绿色醇香的豆味配上焦圈，芥菜丝；前门大街老字号"独一处"的各种馅的烧卖；稻香村的绿豆糕、豌豆黄、驴打滚、玫瑰饼；和平门的烤鸭店。无论走到哪里，特色小吃紧紧抓住我的心。就像我每次来海南，都会找一个理由去海口，专门去骑楼老街吃一碗"海南粉"。饮食文化也是中国诗经礼乐文化中的一部分，中国人生活很考究，过什么节吃什么饭，各种饭、汤、菜都是养生的原材料。

几十年都是这样，无论国内还是国外，无论风景如何迷人，待上一段日子，我人像被掏空了，就想回北京。永定河滋养着我的心灵，"山水相依，刚柔并济"的自然文化资源，京城三千年的建城史、八百年的建都史。东边通州古老的大运河，承载了南来北往的船运，流淌着开放、包容的文化。北京是一座移民城市，五湖四海，文化融合，所以它的包容性造就了它的开放性。西边潭柘寺生长着辽代的银杏树，也被称为"帝王树"。京城到处留着秦砖汉瓦，皇家园林，京腔京韵的印迹，浑厚大气的中国文化底蕴魂牵梦萦。

晚上，五颜六色的烟火照亮南中国海的夜空，一边看着阳台外边绚烂多彩的烟花，思念远在海外的安康。尽管今晚云遮月，我还是感受到"海上生明月，天涯共此时"情景。浓浓的年味包裹着我淡淡的孤独，在阖家团圆之时，书和写作伴随着我。

当友人告诉我书稿已定，我又加了两篇与叶舒宪等教授的对话。事关AI人工智能最新发明了Sora，就是一句话可以生成一分钟的影视，语言直接生成景象。AI飞速发展，还是很震撼人的。虽然人类担心它是否真能成为硅基生命？也有人称它是第四次工业革命。无论它怎么先进，我认为如果它不能创造人类的新细胞，如何称为"活的生命"？它的一切是人类输入它的信息与大数据。关键是它没有感情，所以它不可能有与人一样的鲜活的生命。

在现实与虚拟世界相互碰撞之际，我写下这篇《人生有情》的后记。人生为情所困，为情所累，为情所奋斗，为情所追求；无论是亲情、友情、爱情，还是家国情怀，如果人没有情何为人生？过百年、千年后，或许这些文字变成了"代码"，我毫无遗憾，谁又不是过客？我用真情爱过这片天空和大地，我的情留在夕阳草树，寻常陌巷，大漠孤烟，珠崖儋耳，华夏文化之情永在心中。

2024年2月24日辰龙年正月十五，
记于海南万宁神州半岛泰悦居